Marco Verzè

# Il senso ultimo delle cose

CAIRO

www.cairoeditore.it/libri

ISBN 978-88-6052-442-3



I EDIZIONE: ottobre 2012
IV EDIZIONE: settembre 2017

IL SENSO ULTIMO DELLE COSE

*A Paolo, Raffaele e Fabiola, per aver condiviso.*
*A Cristina Tizian, per averci creduto.*
*Ad Arianna, per ogni istante.*
*A Francesco e Maria, per la vita.*

# 1

Avevo trentacinque anni il giorno in cui mi venne diagnosticato un tumore al fegato, più precisamente un epatocarcinoma primario.

A trentacinque anni, un cancro.

Ricordo benissimo il giorno e l'ora: erano le 16.42 di venerdì 27 settembre.

Ricordo perfettamente l'ora perché alle spalle dell'oncologo, sul muro bianco del suo studio bianco, in cui mi accolse in camice bianco, c'era uno di quegli orologi al quarzo con dei numeri rossi enormi, uno di quelli regalati dalle case farmaceutiche ogni volta che mandano un rappresentante incravattato, con una borsa enorme tipo quelle delle diligenze del West, a proporre l'ennesimo farmaco che *rivoluzionerà il concetto di terapia*.

Erano le 16.42 di venerdì 27 settembre del 2002, quando smisi di vivere.

«Quanto, dottore, mi dica quanto.»

Osservai la sua coscienza scappare come al primo scossone di un terremoto, mentre le sue parole si arrampicavano su pareti di cristallo: «Vede signor Zenari, la situazione è complessa e inoltre...».

«Mi dica, quanto mi rimane, dottore» lo incalzai con fare deciso.

Lui cedette: «Purtroppo non è operabile. Massimo sei mesi» sentenziò.

Per un attimo mi attaccai a quel massimo come se fosse il nome di un altro e riuscii quasi a percepire, tra gli acidi che risalivano dal mio stomaco, una sorta d'impercettibile sollievo, come la sensazione di essere nel film di un'altra vita, nel tragico finale di un altro.

La fine di settembre ha sempre un che di struggente: gli ultimi scampoli d'estate se ne vanno, portando con sé abbronzature costate ore e ore di sacrifici in spiaggia.

La fine di settembre è quel momento in cui, dalle mie parti, il brulicare di trattori sulle strade, le voci tra i vigneti, i quintali di uva vendemmiata lasciano il posto alla malinconia di un sole che va a sfumare già alle quattro del pomeriggio.

La fine di settembre è la fine dei sogni d'estate, la fine di settembre è il primo cappotto, se va male.

Seduto su di una sedia di metallo bianca, sentivo, senza ascoltare, la voce di un oncologo in camice bianco prospettare per il mio futuro cicli di chemioterapia, caduta di capelli, sguardi di commiserazione e parole di circostanza.

Seduto su quella sedia bianca, mi sentivo catapultato in un film di cui non facevo parte, come quelle domeniche mattina in cui mi svegliavo intontito da una sbronza colossale con gli amici. Una di quelle mattine in cui anche il tatto non è reale: ti tocchi la faccia, gli occhi gonfi mentre la testa gira e l'acido che sale dalla gola ha oramai toccato la lingua, e scopri una pelle che i tuoi polpastrelli sembrano non riconoscere, le orecchie non sentono se non rumori lontani, sconosciuti, apparentemente irreali.

E pensare che tutto era iniziato tre mesi prima con un vago dolore al fianco, poca roba: un po' di gonfiore, scarsa voglia di mangiare, una lieve nausea, *chiari sintomi di stress*, a detta del medico di base.

*'Sto cazzo*, aveva risposto il mio corpo.

Ritornai con la mente in quello studio solo la terza volta che il dottor Corradi ripeté il mio nome: «Signor Zenari, ha capito cosa le sto dicendo?».

Annuii.

«Capisco benissimo il suo smarrimento, ma creda, nulla è deciso, oggi come oggi la medicina ha fatto passi da gigante e sono molte le speranze per un paziente nelle sue condizioni.»

Sorrisi senza felicità. «Le hanno mai diagnosticato un tumore a trentacinque anni, dottor Corradi?» risposi con tono pacato.

Non ebbi risposta.

«Allora mi permetta di dubitare. La ringrazio per la sua professionalità, immagino però possa capire il mio desiderio di uscire immediatamente da questo posto. La richiamerò tra qualche giorno appena mi sarò ripreso.»

Mi alzai e, senza stringergli la mano, me ne andai.

Non ho mai capito il senso della parola *paziente* utilizzata per un malato. Una volta, dopo essere uscito dallo studio del mio dentista, rientrai in ufficio e, ancora con mezza faccia paralizzata, scrissi su un documento generico di Word la parola *paziente*. Evidenziando con il tasto destro del mouse, mi diede come sinonimo *remissivo*, *mansueto*.

Erano le 17.30 di venerdì 27 settembre 2002, quando ricevetti il primo sms di mia moglie: *ciao amore, com'è andata la visita? ok se stas. mangiamo dai miei? è da un po' che nn li vediamo, fammi sap così li avv. bacio.*

La sua capacità di condensare la *Divina Commedia* nei centosessanta caratteri di un sms era sempre stata per me un mistero tra i più occulti.

Le risposi alle 18.03 di venerdì 27 settembre 2002 dopo sei squillini e altri due messaggi, sempre con un sms: *ciao patata, sono usc. solo ora, la visita tt bene, nn c'è nulla di preocc. mi disp. avevo dim. di avv. che stas ho la cena del calcetto nn posso mancare, nn torno tardi. T.A.*

Erano le 19.24 di venerdì 27 settembre 2002 quando ordinai la mia quarta sambuca, lì, seduto al tavolino di un bar appena fuori dal parco recintato dell'ospedale, dove alcuni remissivi passeggiavano in pigiama e ciabatte. Sapevo che stavo facendo il gioco del mio male, ma ero così sconvolto e impaurito che pensavo solo a inebriare la mia mente e i suoi pensieri.

Capii dallo sguardo del barista che non ero né il primo né l'ultimo che aveva deciso di passare le prime due ore e quarantadue minuti dei suoi ultimi sei mesi di vita in compagnia di una manciata di sambuche con ghiaccio e mosche.

Alle due del mattino di sabato 28 settembre, dopo diversi tentativi, riuscii a infilare la chiave nel buco della serratura del nostro appartamento arredato vintage per necessità, ossia riciclando mobili un po' qua e un po' là. Mi spogliai in cucina, nella speranza di non fare troppo rumore, ma dopo la settima sambuca avevo smesso di contarle e i risultati erano stati devastanti sul mio equilibrio.

Mi trascinai a letto. Giulia dormiva serena su un fianco, dalla sua pancia iniziava a trasparire il terzo mese di gravidanza e, da quando era incinta, il suo sonno era fortunatamente molto più profondo. Mi sdraiai al suo fianco, mentre tutto girava in senso antiorario. Mi convinsi che non era successo un cazzo in quel venerdì 27 settembre 2002 e che, al mio risveglio, con due bustine di antinfiammatorio, tutto sarebbe tornato al suo posto.

Sei mesi: rubando alla sorte quelli che mi separavano dal 1° di ottobre.

Erano centottantadue giorni.

Quattromilatrecentosessantotto ore.

Duecentosessantaduemilaottanta minuti.

Quindicimilionisettecentoventiquattromilaottocento secondi, da progettare, costruire, riempire.

Se possibile, l'inizio del sabato fu ancora peggiore della fine del venerdì. Giulia era già in cucina quando si aprì il primo occhio senza avvisare il secondo: era il destro, e quasi mi prese un colpo nel vedere un oggetto non identificato di dubbia fattezza alla sinistra, dove avrei dovuto trovare l'occhio sinistro. Solo dopo un attento esame capii che era il mio naso.

Il cerchio pesantissimo alla testa, la bocca impastata mi riportarono subito alla realtà: ero a letto, ero solo, ero malato.

# 2

Pietro Zenari, trentacinque anni, sposato da un anno con l'amica di sempre, da tre mesi in attesa di un bambino, un curriculum incolore e assolutamente banale con una maturità artistica, quindici esami all'università di Venezia, poi l'abbandono per assunzione in una multinazionale con sede a Verona, una scrivania in laminato finto ciliegio, una station wagon grigia fumo di Londra, una casetta con mutuo ventennale incorporato a tasso variabile, il calcetto di martedì, l'aperitivo lungo il venerdì sera, le paste la domenica a pranzo e, la sera, tortellini in brodo, la *peарà* con il lesso, una collezione di fumetti di Dylan Dog trascinata dall'adolescenza e una manciata di amici più o meno sinceri che ancora si chiedono perché una come Giulia abbia sposato un coglione come me.

Giulia: quella che giocava a correre con me nella campagna, da bambini, quella che mi ha insegnato a baciare con la lingua alle medie, causando la mia prima marmorea erezione, quella che ascoltava per ore i miei sfoghi quando alle superiori cercavo di avere i miei primi rapporti completi, con l'imbarazzo di dover comprare i preservativi con le mance dei nonni, quella che non ho mai considerato, quella che da sempre, in silenzio, mi ha amato, quella che un giorno ho sposato e che, ora, al terzo mese di gravidanza, aspetta un bambino dallo stesso bastoncino che aveva raddrizzato quando avevamo solo una manciata di anni dopo i dieci. La sua bellezza quasi disarmante sfugge dallo stereotipo del nostro tempo per collocarsi in quella sontuosità che è più amica della classicità greca: una terza piena di reggiseno in un metro e ottanta senza tacchi, occhi e capelli scuri, un sedere sodo e al punto giusto, un'intelligenza da laurea 110 e lode, mai una stronzata, mai uno spinello, e una sensibilità che la fa piangere perfino davanti alla puntata numero seimilioniduecentoseimiladodici di *Beautiful*, quella subdola e assurda esaltazione dell'incesto legalizzato, dove, per l'ennesima volta, risorge una delle decine di mogli di quel pirla di Ridge, che puntualmente se la risposa. Giulia, che è capace di fermare l'auto in tangenziale per incantarsi a guardare uno stormo di uccelli che danzano in cielo prima di migrare.

Con la vista ancora appannata dalla sambuca, fermai il mio sguardo sulla sua pancia.

Pensai a quant'era buffo e tragico, a come questa vita di merda si fosse presa gioco di me: sei mesi sarebbero serviti per dare la vita a mio figlio, sei mesi esatti per concludere la mia. Lo stesso tempo per percorrere la strada al contrario: io avrei definitivamente concluso la mia partita incolore, mentre mio figlio si sarebbe apprestato a togliersi la tuta da riscaldamento e a scendere in campo per la prima volta da professionista nello stadio della vita. Peccato non batterci il cinque sulla linea dell'out.

Quel sabato mattina tagliai corto: le dissi che secondo lo specialista si trattava di un'infezione, per la quale avrei dovuto prendere gli antibiotici.

Dovevo prendere tempo, ragionare e, soprattutto, decidere. Il fatto che fosse sabato mi diede decisamente una mano.

Il sabato, da ancor prima del nostro matrimonio, era il giorno della tuta, delle scarpe da ginnastica distrutte, della felpa che mi aveva regalato Simone – il mio unico fratello e il migliore che potessi mai desiderare –, quella con l'immagine del più grande calciatore della storia, George Best, uno che ebbe il coraggio di dire *Ho speso quasi tutti i miei soldi in belle macchine e belle donne, tutti gli altri li ho sperperati*, uno capace di segnare sei goal nella stessa partita.

Il sabato era il giorno della spesa settimanale, ventiquattro ore che erano la somma di decine di rituali: s'iniziava con la colazione al bar, cornetto e macchiatone per Giulia, caffè e brioche alla crema per me, un lusso che, per colpa della dietista, era solo del sabato e di qualche rara domenica; poi due passi al mercato, giornale, pollo allo spiedo e patate acquistate per il pranzo, prima di mezzogiorno l'aspirapolvere aveva già fatto il suo *warm-up* per la casa, dopo pranzo riposino, un po' di sesso, non troppo, due passi al centro commerciale e cena dai suoceri; ogni quindici giorni pulizia autogestita delle scale condominiali e lavaggio dell'auto, dopo cena al bar con gli amici, i maschi a parlare di calcio, Giulia e le altre ragazze a spettegolare delle ultime corna scoperte o solo intuite.

Generalmente mi divertiva fare la spesa, mi dava l'occasione di abbuffarmi di colori, di cose che non avrei mai usato ma che mi incuriosivano. Mi dava modo di sorridere nel vedere il sesso maschile alle prese con quegli orrendi post-it appiccicati al carrello, con la voce della moglie nel cervello che urla *non dimenticare i miei assorbenti, quelli con le ali*. La prima volta che toccò a me, mi persi nel reparto giocattoli.

Quel sabato non fu affatto divertente. In un supermercato in bianco e nero mi sforzavo, nonostante lo stomaco in gola, di stare attaccato a Giulia che, immedesimata nella parte, tentava di battere il record mondiale di galoppata a ostacoli su corsia, categoria supermarket.

La sentivo emettere suoni che immaginavo fossero frasi rivolte a me, ma in nessuna maniera riuscivo a connettermi con lei. Sorridevo, annuendo con la mia faccia più ebete, senza capire una parola.

La testa mi girava ancora e la sambuca tentava di risalire dal mio esofago con tanto di scarpe chiodate e piccozza, ma ciò che era peggio era che la mia anima era ancora seduta sulla sedia bianca di quello studio bianco.

Cercavo di immaginare il momento in cui avrei detto a Giulia che l'avrei lasciata sola, ammazzato da un tumore al fegato di cui avevo sempre ignorato l'esistenza. Cercavo di immaginare la sua faccia quando si sarebbe resa conto che l'avrei abbandonata in balia di un mutuo da pagare, un figlio da crescere, una casa da tirare avanti. Il suo volto però non prendeva forma nella mia fantasia, vedevo solo le mani: aggrappate alle gambe sedute, le dita contratte nella morsa, mentre le dicevo che quel bambino, che ancora non era nato, era già orfano di padre.

«Ma mi ascolti quando parlo?» la sua voce mi riportò nella corsia del supermercato. «Sei ancora ubriaco da ieri sera? Dovrò parlare con Paolo e chiedergli cosa succede davvero durante le cene del calcetto, quando siete solo voi ometti» mi disse, con un sorriso che stava a metà tra chi ti rimprovera e chi ti prende per il culo.

«Caschi male, amore» le dissi in uno sforzo sovrumano di fantasia. «Quello sfigato di Paolo non viene mai, non sopporta le cene dove si paga alla romana, è inconcepibile per lui dover pagare un euro più di quanto ha mangiato!» Sorridemmo e riprendemmo la nostra caccia alle cose inutili: comprai dei bastoncini d'incenso al sandalo.

Solo una volta a casa mi accorsi che non avevo il portaincenso, così dovetti utilizzare il posacenere di Murano, regalo di nozze del nostro commercialista.

Passarono quindici giorni prima che trovassi il coraggio di parlare a mia moglie. Durante quelle due settimane, mi stupii di quanto sia facile per un uomo mascherare bugie, amanti, fantasie, soldi: la capacità che ha una donna di fidarsi del suo uomo è pari solo alla capacità di quest'ultimo di raccontarle un sacco di balle, ma immagino che a volte, invertendo gli addendi, il risultato non cambi.

Durante quel periodo, entrai ancora due volte nell'ambulatorio con le sedie di metallo bianche e l'orologio al quarzo, cercai di farmi spiegare meglio la reale situazione del mio cancro e soprattutto sperai che nel sentirmi ripetere la storia qualcosa cambiasse. Ma non fu così.

Avevo scaricato decine di pagine da internet, dalle spiegazioni più semplici agli indirizzi delle cliniche più importanti del mondo, ma più aumentava la mia cultura sui tumori, più cresceva la mia rabbia, la mia disperazione e la mia *remissività*.

Decisi che per parlarle avrei dovuto scegliere un posto importante: optai per l'Antica Locanda El Grio dell'amico Paolino, un posticino non proprio economico, ma molto intimo, in un paesino di campagna nella provincia a est di Verona, dove io e Giulia andavamo quando avevamo voglia di farci coccolare un po'.

Paolino aveva la capacità di stancarti di parole, illustrandoti tutta la sua conoscenza in fatto di vini e di carni pregiate ma, allo stesso tempo, riusciva a capire, da come mettevi piede nel suo ristorante, se era una serata in cui non volevi che nessuno ti rompesse i coglioni.

Meravigliosi i suoi tortelli con la farina di castagne, per non parlare del passito o dei *rufioi* fatti a mano dalla sua mamma.

Giulia mi chiese cosa dovevamo festeggiare e io mentii dicendo che avevo solo voglia di stare bene.

Non dimenticai nemmeno di chiamare Graziella per farmi consegnare un mazzo di rose, rigorosamente senza confezione.

I fiori recisi sono meravigliosi almeno quanto quelli sui prati, se solo si raccolgono in fasci, con un po' di rafia a legarli tra loro. Ma se diventano l'esaltazione di carta, cellophane e nastrini non rappresentano più il fiore, ma la cartoleria di fronte al fiorista.

Impeccabile come sempre, il mazzo di rose rosse era sul tavolo, dispari con lo stelo lungo, profumatissime e, anche se in realtà Graziella barava spruzzando sulle rose un'essenza che ne esaltava il profumo, a me piaceva da morire. Rosso intenso il colore, legate con dello spago grezzo: erano davvero bellissime.

Mangiammo divinamente, come sempre. E come sempre Paolino ci viziò con una di quelle cene che avrei definito memorabili, prima delle 16.42 di venerdì 27 settembre 2002.

L'età media in cui la mia malattia si manifesta si aggira fra i cinquantacinque e i sessantacinque anni, rari sono i casi al di sotto dei quaranta. Colpisce più frequentemente gli uomini che le donne.

I tumori al fegato possono essere benigni o maligni, e nel caso siano maligni possono essere primari, quindi generati dallo stesso fegato, o secondari, quindi nati in altri organi e poi trasferitisi lì. Il mio era nato, ingrassato e vissuto sempre lì, nel mio fegato.

In oltre la metà dei casi in cui viene diagnosticato, il brutto male è già in metastasi e il fatto che non presenti dei sintomi chiari fa sì che di solito ci si accorga della sua presenza solo quando oramai è tardi. Insomma, il più delle volte, quando te ne accorgi sei già in un mare di merda. Dolori all'addome, stanchezza, scarso appetito, qualche linea di febbre e qualche bella giornata di nausea sono i sintomi che ti avvisano che sei fottuto.

Ciò che più mi colpì fu la definizione che trovai in rete delle cause di questo tumore: *L'epatocarcinoma (HCC) è il tumore maligno primitivo del fegato che si sviluppa a partire dagli epatociti ed è quello più frequente. L'altro tipo di tumore primitivo: il colangiocarcinoma si sviluppa a partire dalle cellule delle vie biliari intraepatiche. Infine un terzo tipo è definito misto perché associa un contingente epatocellulare al colangiocarcinoma. L'HCC si sviluppa più frequentemente su una cirrosi, più raramente su un'epatopatia cronica non cirrotica ed eccezionalmente su un fegato sano. Le principali cause di HCC sono quindi quelle della cirrosi: l'alcolismo cronico, l'infezione virale cronica B o C, la steatoepatite non alcolica e l'emocromatosi...*

Ma che cazzo vuol dire?

Ma come fa uno a capire di cosa sta morendo, se legge uno scioglilingua del genere?

Ma come cazzo scrivono?

Anche dopo averlo letto dieci volte, la sensazione era sempre quella di aprire uno dei manuali di Scuola Radio Elettra con la definizione incomprensibile di un transistor per un alimentatore a valvole.

Ciò che importava, e che invece capivo chiaramente, era che avevo un maledetto tumore del cazzo, per altro raro alla mia età, per il quale mi avevano dato sei mesi di vita, meno i quindici giorni già passati, scoperto solo perché mi ero stancato di ingoiare aspirine per togliermi quelle linee, poche per carità, di febbre.

Ciò che importava era che adesso ero nella merda fino al collo e non sapevo cosa fare; ciò che importava era che avevo passato i primi quindici giorni dei centottantadue che restavano a chiedere a un Dio – che avevo sempre ignorato, pur non negandone l'esistenza – *perché proprio io?*

Perché?

Perché, con tutti i vecchi rimbambiti e ammalati che non aspettavano altro che la morte in centinaia di case di riposo, perché dovevo morire io?

O peggio, perché, con tutti i bastardi in giro per il mondo, quelli che rubano, ammazzano, fanno le guerre, perché cazzo dovevo essere io che non avevo mai neanche tirato un pugno in tutta la mia stramaledetta vita, perché io?

Non avevo mai bestemmiato, non avevo mai rotto i coglioni ai preti, al clero, alla Madonna e a tutti i santi, perché io? Allora era meglio se avessi bestemmiato, almeno adesso mi sarebbe stato chiaro il perché.

Ciò che era stramaledettamente chiaro era che mi trovavo nel mio ristorante preferito, con il mio vino preferito, seduto di fronte a mia moglie che teneva nelle mani un mazzo di rose rosse legate con lo spago e nella pancia, in una piscina di placenta, il mio primogenito, e che da lì a poco avrei dovuto dirle tutto, rovinando in un secondo due vite, tenendo conto che la mia era già andata a puttane dalle 16.42 di venerdì 27 settembre 2002.

«Giulia, non ti amo più.»

# 3

Nello stesso istante in cui questa frase mi uscì dalla bocca, mi accorsi che il mio cuore si inginocchiava di fronte all'epatocarcinoma primario, supplicandolo che mi portasse via in quel preciso istante, fottendosene dei sei mesi concessimi, delle mie precedenti domande, delle mie suppliche per cambiare il destino. Via. Via, in un colpo. Via, prima che la bocca di Giulia potesse dire anche una sillaba in più di ciò che i suoi occhi già dicevano.

Spensi tutto ciò che di sentimentale c'era nella mia persona, consegnandomi al cinismo di qualcuno che non conoscevo affatto e che in quel momento stava parlando al posto mio con mia moglie, dicendole cose che io non avrei mai né voluto né pensato di dirle.

L'individuo incalzò Giulia prima che lei si potesse riprendere dalla prima bordata: «È da tempo oramai che volevo dirtelo, ma l'arrivo del bambino ha un po' complicato le cose, ora ci ho pensato molto e credo che stare insieme, se uno dei due non prova più sentimenti sinceri, farebbe male a entrambi, ma soprattutto al bambino. Non sarebbe giusto, capisci vero?».

«No.»

No, non capiva. Lo sguardo smarrito di mia moglie lasciava intendere che mai, per nessun motivo, avrebbe capito un uomo che la stava lasciando, sola, nel bel mezzo di una gravidanza, per qualcosa che non poteva essere vero.

Osservavo il dramma del momento, seduto al tavolino del nostro ristorante, Giulia alla mia destra, colui che parlava per me alla mia sinistra, impietrito da ciò che vedevo, immobilizzato da ciò che stavo dicendo.

«Se è uno dei tuoi scherzi del cazzo, dimmelo subito, ti prego Pietro, perché mi stai uccidendo, dimmi che è uno scherzo, ti prego, amore.»

I suoi occhi traboccavano di lacrime calde che le correvano sulle guance, mentre le sue mani cercavano sul tavolo ancora apparecchiato le mani di quell'individuo.

«Purtroppo non lo è, Giulia. È proprio perché non voglio che tu soffra che sono qui a parlartene. Ti prego, cerca di non rendere la cosa più difficile di quanto lo sia già, è una vita che ci conosciamo, non è facile neanche per me» rispose la voce glaciale dell'individuo.

Osservai quell'uomo dagli occhi spenti, il viso privo di qualunque espressione, quando ritrasse le mani dal tavolo per non incrociare quelle di lei. Mi fece paura.

Mi voltai per assicurarmi che le altre coppie presenti nel locale non avessero visto nulla di quanto stava succedendo, come se in un momento del genere fosse importante. In realtà avevamo addosso gli occhi di tutti: la sofferenza degli altri attira come avvoltoi sulle carogne, permette di dimenticare la propria, di infelicità, affogata dentro una vita luccicante e perfetta.

Chi lanciava uno sguardo in tralice, chi si limitava ad

aguzzare le orecchie, tutti i presenti comunque avevano deciso di animare le loro scintillanti esistenze facendosi un bel piatto di cazzi miei.

«È normale, dado, che sia così, la gravidanza un po' spegne il desiderio. Ma vedrai che tutto si sistemerà, ci faremo aiutare, tornerà tutto a posto, vedrai, amore. Mi rendo conto che con questa pancia non ti attiro più tanto, ma, appena sarà nato, mi rimetterò in forma, vedrai. Non lasciarmi, ti prego Pietro, non posso stare senza di te. Ti prego!»

Il tono di voce di Giulia cresceva man mano che il suo cuore prendeva coscienza di quanto stava accadendo. Più la sua disperazione aumentava, più affiorava la sua fragilità, più diventava bella ai miei occhi. Avrei voluto che quel bastardo smettesse, avrei voluto cacciare quell'impostore, abbracciarla stretta stretta, dirle di calmarsi, che non era vero, che non era niente di grave, che in realtà stavo solo morendo. Ma non riuscii a muovermi.

# 4

Non ricordo il momento preciso in cui conobbi Giulia, era come se fosse sempre esistita, un po' come cercare nella propria memoria la prima volta che si è visto il volto della mamma, o la prima volta che si è fatta la pipì in piedi: quelle cose che sono in noi fin da quando la stessa memoria esiste.

I primi ricordi nitidi di lei risalgono alle elementari: ricordo il suo grembiulino bianco e quel ginocchio sbucciato. Non avevo mai visto del sangue vero in vita mia, avevo visto solo quello che scorreva a fiumi nei cartoni animati dell'Uomo Tigre.

Il suo desiderio caparbio di giocare a calcio con i maschi le era costato almeno tre cadute sul piazzale asfaltato della scuola. Solo dopo la terza, la vidi ritirarsi con il sangue che le colava sulla gamba e le lacrime sulle guance.

Non ho mai capito se fosse più ferito il suo ginocchio o il suo orgoglio.

Mi avvicinai e le dissi, guardandola, che, nonostante fosse una stupida femmina, era stata *bravina*. Poi tornai alla mia partita.

In quella sorta di gomitolo di lana che è l'infanzia, le nostre vite si intrecciarono spesso, a volte per un tempo lungo, a volte per un istante, ma non passavano mai mesi senza che tra noi ci fosse un punto di congiunzione.

L'amicizia si fece più forte nell'adolescenza, quando le nostre strade si divisero, io in un liceo artistico, lei in uno scientifico, lei a studiare con ottimi voti, io no.

La sua casa era diventata terra di nessuno: pomeriggi interminabili ad ascoltare le cassette dei Duran Duran, a raccontarle delle mie cotte e delle tempeste ormonali per due tette che, al tempo, mi sembravano infinite, e che si trovavano appollaiate su di una mia compagna di classe.

Non mi spiegavo perché lei non mi raccontasse mai di un ragazzo, mai che mi dicesse di essere innamorata, sempre avvolta nei suoi maglioni enormi per nascondere le rotondità che andavano via via formandosi. Mi ascoltava per ore, con un sorriso che sembrava stampato.

Fu lei a darmi il primo bacio con il mulinello della lingua, lei a permettermi di toccarle un seno.

Avevo quindici anni, si avvicinava la prima festa in notturna della nostra vita, la prima festa nel salone parrocchiale, la prima dove i genitori erano banditi, la prima dove non avremmo ascoltato il liscio ma la musica che amavamo, la prima dove avremmo fatto mezzanotte.

La febbre di quel sabato sera mi salì almeno due settimane in anticipo: sapevo che avrei avuto l'occasione di limonare, sapevo che la mia compagna di classe mi desiderava almeno quanto io desideravo lei e, soprattutto, la latteria che aveva in dotazione. Ma non avevo mai baciato, mai infilato la mia lingua nella cavità orale di un altro essere umano, mai assaggiato il dolce sapore di labbra femminili, se non nei miei sogni più eccitati.

Più si avvicinava il sabato, più aumentava la mia ansia, prontamente vomitata su Giulia: si prospettava sul mio curriculum di bello e dannato delle medie una colossale figura di merda, che poi si sarebbe propagata come una macchia d'olio tra tutte le ragazze della scuola. Ero disperato.

Venerdì pomeriggio, quasi rassegnato al mio destino, ero sdraiato sul letto di Giulia, lei sul tappeto multicolore della sua camera, alle pareti i poster dei cantanti, sulla porta la gigantografia di Joey Tempest, leader indiscusso degli Europe, sul comodino un mangiacassette con l'ultima degli Spandau Ballet. D'un tratto Giulia si alzò, chiuse a chiave la porta e, prima ancora che io capissi cosa stava succedendo, infilò la sua lingua nella mia bocca, prendendomi delicatamente il viso con tutte e due le mani. I miei occhi spalancati incontrarono il suo naso, mentre i suoi erano chiusi. Sentivo la sua lingua rovistare nella mia bocca, impietrito, non sapevo cosa diavolo fare, dove appoggiare le mani, come respirare. Poi lei si fermò.

«Devi roteare la lingua in senso orario, accarezzando la mia, senza correre troppo.»

Ancora stupito, mi ripresi per un attimo e balzai in piedi, come una molla. «Cazzo, Giulia, ma non posso baciarti» risposi fingendomi padrone della situazione.

«Certo che puoi, cretino! Sbrigati, prima che mia mamma senta troppo silenzio. Vuoi imparare o davvero vuoi fare una figura di merda con quella?»

Solo dopo anni mi spiegai perché non l'avesse chiamata per nome, ma solo *quella*.

Brividi incontrollati mi erano partiti dai piedi e si erano addensati sulla testa, avevo perso i comandi della navicella Pietro, le ghiandole salivari stavano producendo un ingente quantitativo di materia, l'albero maestro era così duro che rischiava di spezzarsi, onde di spermatozoi avevano invaso la stiva, sudore e rossore avevano già il controllo della mia fronte.

«Allora vuoi imparare a baciare o no?» mi disse e, avvicinandosi minacciosamente alla mia faccia, mi prese la mano e se l'appoggiò sul seno. Chiusi subito gli occhi, più per vergogna che per romanticismo. Sentii ciò che di più bello la mia mano avesse mai toccato, le sue labbra si appoggiarono di nuovo sulle mie e, senza più controllo, la mia bocca si aprì lasciando che le nostre lingue ballassero il valzer più eccitante della terra.

«Ahi! Non stringere così forte! Non sono mica fatte di legno!»

Ricaddi nuovamente sulla terra e, aprendo gli occhi, mi accorsi che le mie mani stringevano le sue tette come se qualcuno tentasse di portarmele via. Ritrassi le mani alla velocità della luce, cercando di coprire ciò che non si poteva più coprire attraverso i miei jeans.

Su quel seno avevo sentito il suo cuore correre all'impazzata, il suo desiderio, la sua femminilità.

Con le guance arrossate, si alzò e, aperta di nuovo la porta, si sedette sul tappeto.

«Non fare le corse con la lingua» mi disse «e soprattutto, se ti permetterà di toccarla, cerca di essere delicato, cosa credi, che siano fatte di marmo? È come se qualcuno vi strizzasse le palle a voi maschi! Comincia a pensare che quella è una donna, mica un manichino.»

«Okay, okay, ma adesso devo andare. Cazzo, si è fatto davvero tardi» mentii senza nemmeno preoccuparmi che mi venisse bene. «Grazie, ti farò sapere com'è andata, okay?» le dissi senza guardarla in faccia.

«Allenati davanti allo specchio» mi rispose sorridendo.

Passò quasi una settimana prima che trovassi il coraggio di affrontare di nuovo il suo sguardo.

Ciò che accadde quel sabato sera consacrò la mia fama di playboy della scuola: baciai la tettona finché la lingua non mi bruciò, senza mai staccare le mani da tutto quel ben di Dio che un reggiseno poteva contenere.

Il lunedì mattina, grandi pacche sulle spalle da parte di tutti i maschi della scuola e risatine dalle amiche della tettona avevano operato la definitiva metamorfosi del piccolo Pietro, in Pietro quello figo. Un vero trionfo.

Non ebbi mai il coraggio di chiedere a Giulia dove avesse imparato a baciare, come non ebbi mai il coraggio di raccontare ai miei amici che era stata lei a insegnarmi.

All'università non ci perdemmo mai di vista: lei a Padova, io a Venezia, lei psicologia, io architettura, lei sempre alla ricerca di storie serie, io sempre alla ricerca di evitarle.

Fu il suo ennesimo fidanzato stronzo a farci mettere insieme. Ogni volta che mi chiamava, dicendomi che aveva rotto, prendevo il treno e da Mestre mi fiondavo da lei a Padova, dove viveva in un appartamento con quattro compagne di università, una più gnocca dell'altra, non molto lontano dalla stazione. Il mio compito era quello di farla ridere con le mie cazzate per una decina di giorni dalla data della rottura, evitandole così abbuffate di Nutella e crisi di malinconia, convincendola di come fosse lui il coglione che non sapeva cosa si perdeva. Questo mi dava la possibilità di lavarmi la coscienza dicendomi che passavo, sì, i giorni senza studiare, ma per una nobile causa.

Quella sera la telefonata di Sos era arrivata con qualche ora di anticipo rispetto alla reale rottura, e io mi ero presentato in soccorso proprio nel momento peggiore, giusto in tempo per scazzottarmi con un quasi-geologo di Vicenza, istericamente geloso del nostro rapporto. Le presi di santa ragione, fu capace persino di fratturarmi il mignolo della mano destra, ma di certo il suo pugno non ebbe vita facile: con la mia faccia glielo resi così gonfio da giocarci a bowling. Quella sera cenammo da lei. Dopo due bottiglie di Valpolicella, e perso anche l'ultimo treno per l'università, col mio occhio gonfio, ricoperto da una bistecca di manzo congelata, e il dito fratturato, ci ritrovammo a fare l'amore in quella piccola stanza di quel piccolo appartamento in condivisione. Non potevo più fingere di non capire. Ero innamorato.

Giulia finì l'università con ottimi voti, io no.

Sei anni dopo quella notte ci sposammo, in una chiesa gremita di gente che ripeteva: «Be', io l'ho sempre saputo che prima o poi si sarebbero sposati, quei due lì. Viva gli sposi! Dove si trova il ristorante?».

# 5

«Non puoi lasciarmi Pietro, non adesso, non così, solo perché credi di non essere più innamorato di me. Ma lo sai che non è vero. E poi, sta per arrivare un bambino, non puoi lasciarmi.»

Lo stupore e il dolore cedevano pian piano il posto al panico sul viso di Giulia, il respiro affannato e gli occhi gonfi non lasciarono alternativa all'individuo al mio posto.

«Ti ho tradita Giulia, cazzo! Sono due anni oramai, lo vuoi capire sì o no?»

Rimasi impietrito, la stoccata finale dell'uomo di merda che mi rappresentava non lasciava scampo a Giulia, la partita era davvero finita.

In tutti gli anni che avevo vissuto con lei, di una cosa potevo essere certo: mai e poi mai Giulia avrebbe accettato un tradimento, soprattutto quando implicava menzogne, sotterfugi. Se fossi tornato a casa, raccontandole di aver scopato la segretaria del capo sulla scrivania in preda a un improvviso e incontrollabile raptus, sono certo che prima o poi sarebbe riuscita a perdonarmi. In fondo l'aveva già fatto quel lontanissimo sabato sera alle medie. Ma la mancanza di rispetto, quella no. E io le stavo dicendo che per due anni avevo condotto una doppia vita.

Si ricompose in un rigido silenzio, si sistemò i capelli come potrebbe fare una donna appena stuprata e abbandonata, rassettò i brandelli del vestito strappato dalla foga del suo violentatore, il viso pallido e lo sguardo spento.

«Per favore, portami a casa» mi disse.

Guidai fino a casa dei suoi, non volevo che dormisse sola, e io certamente non mi sarei coricato al suo fianco quella notte.

Vagabondai per la città piangendo, urlando e bestemmiando, finché mi ritrovai alle sei del mattino davanti a una tazzina di caffè nel bar della stazione. Non c'era più ritorno oramai, il mio futuro si era incanalato in un tunnel a senso unico che, più passavano le ore, più assomigliava al buco nero del mio stesso destino, destino che aveva deciso di sporcare anche quest'ultimo scampolo di vita. Alle dieci di quella mattina mi presentai sulla porta di quell'ambulatorio bianco e riferii al dottore in camice bianco che non era affatto mia intenzione sottopormi a chemioterapia, né radioterapia, né a qualsiasi altra cosa che finisse con *terapia*, niente avrebbe bombardato il mio corpo, massacrando ciò che ancora era sano per poter sconfiggere la malattia. E, soprattutto, dopo ciò che avevo fatto a Giulia e a mio figlio, l'unica terapia per me era la sedia elettrica.

Questo era ciò che mi ero sempre ripromesso se mai una malattia del cazzo mi avesse colpito: mai avrei bombardato dei civili inermi per uccidere dei guerriglieri imboscati tra loro. Mi feci scrivere il nome di alcuni antidolorifici e poi me ne andai.

Alle 11.46 avevo già in mano, firmata, la mia lettera di dimissioni senza preavviso dalla multinazionale. Nessuno mi chiese perché, nessuno si preoccupò di dirmi che gli sarebbe dispiaciuto. Nonostante fosse sabato mattina, tutti erano ai loro posti e, dalle loro scrivanie, con la testa bassa, i miei colleghi osservavano colui che per due giorni sarebbe stato il protagonista dei pettegolezzi alla macchinetta del caffè. 'Fanculo.

Mi restavano circa quattromilaquarantaquattro ore e non potevo perdere tempo in saluti.

Rientrai a casa poco dopo l'una del pomeriggio, ero certo che l'avrei trovata lì. E infatti Giulia era seduta sul divano, sepolta sotto quel plaid che si era portata dall'adolescenza, lo sguardo severo, il viso che sembrava di ceramica.

«Lei chi è?» chiese con un tono che non era suo. «La conosco?»

«Ha importanza?» le chiesi.

«Ce l'ha per me, cazzo.»

Non risposi.

«Prendo solo poche cose e poi me ne vado» le dissi, senza neppure guardarla in faccia. «Ti lascio tutto. Prendo la Y10 e ti lascio la station wagon, così avrai una macchina più sicura per la tangenziale. Non ho prelevato soldi dal nostro conto, mi arrangerò con i miei.»

«Dovrei anche ringraziarti?» mi sibilò.

Non risposi.

Buttai quattro cose in una valigia, avevo fretta di sparire per sempre. Quando fui sulla porta, una pugnalata gelida mi colpì al cuore: «Sono contenta che mio figlio non abbia per padre uno stronzo come te».

Risposi, senza voltarmi: «Abbi cura di te».

«Ma vaffanculo.»

Uscito dalla porta di quella casa, che ancora non avevamo pagato per metà, non ebbi il coraggio di voltarmi.

Non l'avrei mai più rivista.

Subito dopo il mio ritiro dall'università mi ero ritrovato a frequentare personaggi inseriti nel mercato immobiliare della Verona bene. Qualche dritta e, soprattutto, tutto ciò che mio padre era riuscito a mettere da parte dopo trent'anni di lavoro in fabbrica mi avevano permesso di aprire quello che avevo nominato il conto salvagente, un piccolo gruzzolo dormiente di circa sessantamila euro, a disposizione per una qualunque urgenza, un imprevisto. O una stramaledetta malattia del cazzo.

Ero stanco, le mie ossa emettevano lo stesso suono del ghiaccio a cubetti che si scontra in un bicchiere di sambuca. La notte passata in macchina non mi aveva dato di certo un bell'aspetto, ero confuso, mal vestito, avvilito, certo solo del fatto che dovevo andarmene. Al più presto.

Tolsi la scheda sim dal mio telefonino e la scottai con l'accendino, buttai telefonino e scheda nel primo bidone dell'immondizia e mi misi in autostrada. Avevo un'idea della mia meta: Assisi.

La fissa di Giulia per san Francesco mi aveva convinto qualche anno prima a regalarle un fine settimana nel borgo medievale. In realtà, io ero più attratto dalla cucina umbra e dai suoi ottimi vini che dalla redenzione della mia anima, ma i tre giorni trascorsi tra le viuzze storiche di quel posto mi avevano caricato di una serenità che non avevo mai conosciuto prima.

Percorsi l'autostrada che porta a Cesena per poi buttarmi su una superstrada che taglia in due l'Italia per arrivare a Roma e, in una manciata di ore, fui in prossimità di Assisi.

Mi fermai solo una volta in un autogrill, comprai tutto ciò che serviva per radermi, una saponetta e un deodorante, e cercai di darmi un aspetto decente nel bagno degli uomini. Di fianco alla mia porzione di specchio due o tre camionisti dell'Est si facevano la barba cercando di togliersi di dosso la stanchezza di una notte sul camion. Puzzavano di sudore da fare schifo.

Mi sentivo assolutamente mimetizzato, nonostante non portassi gli zoccoli con la pelle di mucca. Loro invece mi guardavano come si guarda un intruso.

Non mangiai, il dolore al fianco mi seguiva da Verona, buttai giù un antidolorifico e mi rimisi in strada.

Arrivato ad Assisi, prenotai una stanza all'Hotel La Rocca quando oramai le ombre della sera si ingoiavano il pomeriggio.

Il titolare mi chiese quanto avessi intenzione di fermarmi, dissi forse per una settimana. È strano che in un posto come Assisi tu possa prenotare per una settimana *forse*, senza che qualcuno ti chieda di quantificare il tuo cazzo di *forse*. Come se i residenti avvessero un rispetto connaturato per il tempo che un individuo può impiegare nel chiedere la grazia al santo.

Mi chiese se volevo cenare, risposi di no, ma per non

mancare di cortesia mi feci fare una camomilla bollente, portai quel poco di valigia nella mia camera e poi mi coricai.

Fu il primo momento in cui sentii la mancanza di Giulia: la vista di un letto singolo, accuratamente rifatto, mi fece pensare al lettone di casa mia e mi parve per un attimo di sentire il suo profumo sul cuscino. Le avevo mentito per salvarle la vita, era ciò che mi ero ripromesso da sempre se mi fossi trovato in quella situazione: lei avrebbe sofferto per un po', poi, bella com'è, si sarebbe risposata, sarebbe tornata a essere felice e si sarebbe dimenticata di me.

Ciò che non avevo calcolato era quanto mi sarebbe mancata.

Le vie di Assisi assumono un fascino particolare la mattina presto, la luce dell'alba si infrange sulle pietre delle sue case che, dall'alto della Rocca, si mostrano avvolte in una coltre di soffice nebbia, quasi fossero ancora a letto, infagottate in un caldo piumone.

Non si vede nessuno nelle strade, se non i pasticceri con l'Apecar che portano vassoi di brioche calde ai bar che stanno per aprire. La città dorme, i pellegrini sono ancora nelle camere di alberghi, pensioni e ostelli. Il momento migliore per fare due passi: non sarei stato costretto a incrociare lo sguardo di nessuno, non avrei respirato la speranza.

Era sempre stato più facile per me ragionare la mattina presto, come se l'aria fresca mi ossigenasse le idee. Anche nella mia fallimentare carriera scolastica preferivo alzarmi nelle prime ore del giorno, piuttosto che studiare fino a tarda sera. In realtà, preferivo non studiare affatto.

Non mi venne nessuna idea, nessun progetto, nessun pensiero: per la prima volta nella mia vita mi accorsi che il futuro non esisteva più, e il passato, be', l'avevo mandato a puttane.

Mi fermai davanti alla vetrina di un'agenzia immobiliare, il mio stomaco recriminava un po' di attenzione, ma il mio spirito non era ancora pronto a ingerire cibo. Erano oramai quattro giorni che non mangiavo, tuttavia la mia attenzione non era stata attirata da un dolce con l'uvetta, ma da un annuncio che diceva: *Rustico indipendente, completamente da ristrutturare, quadrilocale con bagno esterno, stalla, annesso rustico e 1000 mq ca. di bosco incolto, 35.000 euro trattabili.* Una cifra davvero ridicola per il mercato immobiliare che conoscevo prima di venerdì 27 settembre, soprattutto a Verona.

Attesi fino alle 9.18 di quella mattina, per ripresentarmi alla porta dell'agenzia. L'orario di apertura era alle 9 in punto, ma probabilmente a quello stronzo dell'agente non avevano ancora diagnosticato un tumore al fegato.

Mi accolse un giovanotto di circa dieci anni più giovane di me in alta uniforme: scarpa tirata a lucido, forse Tricker's modello classico di un marrone aranciato, camicia bianca su gessato nero, cravatta rossa con nodo enorme, capello spettinato con mèches bionde e occhiale rosso. Probabilmente con diploma di ragioneria serale e un corso da venditore di un anno o due.

A mezzogiorno avevo già visto il fabbricato, firmato la mia proposta di acquisto, versato un acconto di diecimila euro, ottenuto duemilacinquecento euro di sconto e ritirato le chiavi, avendo inserito nella proposta l'immissione di possesso immediato, in attesa del rogito dal notaio a fine marzo 2003, rogito al quale non sarei mai andato.

Concludere un affare mi aveva finalmente ridato un po' d'appetito. Mangiai all'Hotel La Rocca: un piatto di pasta e una cotoletta alla milanese, in Umbria.

Pagai il conto e poi partii alla volta della mia nuova residenza. I dolori si facevano più frequenti, obbligandomi sempre più spesso a fermarmi per mettermi seduto, e anche se gli antidolorifici del dottore in bianco mi aiutavano un po', allo stesso tempo mi intontivano e per questo cercavo di non prenderli. Oltretutto, da quattro giorni non andavo in bagno e il mio ventre si contraeva a mia insaputa, obbligandomi a delle smorfie che dovevano apparire strane a chi mi guardava.

# 6

La casa si trovava sul monte Subasio, in realtà non molto lontano dal centro di Assisi, ma quanto bastava per sembrare una baita di montagna.

Le montagne umbre erano molto diverse da quelle che avevo vissuto in Veneto ma, lo stesso, c'era in loro qualcosa di familiare.

La casa era composta da due locali al piano terra e da due al primo piano, ai quali si accedeva tramite una scala in legno molto ripida e senza corrimano; non vi era una vera e propria cucina, ma un lavello, un frigorifero che avrà avuto la mia età, e un piccolo fornello alimentato da una bombola a gas. Non c'era impianto di riscaldamento, ma un grosso camino.

Il bagno era esterno alla casa, una sorta di sgabuzzino con un water, un lavandino e una vasca da bagno.

A giudicare dal calcare accumulato sui sanitari, immaginai che fosse almeno un anno che nessuno si lavava più in quel posto. Al primo piano c'erano due camere con il tetto mansardato, una matrimoniale, l'altra un po' più piccola. Le travi erano annerite in più punti, probabilmente un incendio di vecchia data; nessun isolante termico, se non un tavolato di legno e coppi.

Ciò che mi aveva spinto a comprare quella strana casa erano i mobili: tavolo, quattro sedie, credenza, armadi e letti degli anni Cinquanta, un materasso duro e pesantissimo, probabilmente un continente asiatico di acari in lotta tra loro.

L'incravattato mi aveva raccontato, nel tentativo di convincermi della bontà dell'investimento, che fino a un anno prima ci viveva un'anziana signora, una certa Lia che, nonostante l'insistenza dei figli, non aveva mai voluto abbandonare la sua casa e i suoi animali, finché una bella mattina l'avevano trovata nel suo letto dura come un baccalà.

La fretta di liberarsi di quel rudere e una vita già adagiata in altre case con arredi più moderni avevano convinto i figli a comprendere nel prezzo quei quattro mobili a cui la madre era affezionata, insieme ai due stracci che contenevano.

Un vecchio cane, cinque galline, un gallo, sei conigli e una capra erano i custodi di quel castello abbandonato al suo destino, ai quali i figli della vecchia ogni due giorni portavano cibo e acqua, nella speranza, credo, di trovare stecchiti anche loro.

Parcheggiai la Y10 davanti alla mia nuova dimora e mi apprestai a fare subito le presentazioni: il cane si chiamava Carlo, almeno così mi era stato detto, un pastore tedesco a pelo lungo, cieco da un occhio e costretto da una catena arrugginita, che non fu affatto felice del suo nuovo inquilino. Riuscii a slegarlo senza farmi mordere e comunque ci vollero tre giorni prima di vederlo mangiare. Gli altri animali non erano molto più socievoli, ma almeno non abbaiavano. Il quarto giorno, mangiai il mio primo uovo sodo, chilometro zero. Avrei potuto tentare di mungere Carlotta, la capra, ma il suo sguardo mi incuteva un po' di timore e non osai avvicinarmi per un bel po'. Il nome glielo diedi così, per non dover pensare tanto: in fondo aveva proprio una faccia da Carlotta, difficilmente l'avrei dimenticato. Le galline erano più semplici: 1, 2, 3, 4, 5. Il gallo era X, simile alla macchina Y, i conigli: A, B, C, D, E, F.

La notte era sempre il momento più duro, le stanze al piano terra sentivano il calore del camino, quelle al primo piano erano gelate, come dormire una notte all'addiaccio. Decisi allora di far rotolare il letto giù per la scala. Non fu difficile, il letto atterrò con uno schianto al piano terra, dura sarebbe stato riportarlo di sopra, ma al momento non me ne preoccupavo.

Nel mio primo mese in quel posto, non mi mossi mai dalla casa, se non per scendere ad Assisi in farmacia e per comprare delle provviste, generalmente verso sera, con il buio. Avevo un aspetto terribile, anche se non era un mio problema perché non avevo specchi in casa, ma solo di chi sprecava il suo tempo a guardarmi.

Per farmi la barba staccai lo specchietto retrovisore della macchina e lo misi nel bagno, il più gelido in cui fossi mai entrato in vita mia.

In casa, naturalmente, mancava la tv. Poco male, non l'avrei guardata comunque. In compenso la credenza era colma di santini, credo ci fosse tutta la Nazionale santi compresa la panchina e il mister, san Pietro.

Non mi davano fastidio. Escluso san Francesco, il centrocampista, e santa Chiara, la punta, gli altri non li avevo mai neppure sentiti. A volte la sera ne giravo qualcuno, generalmente sul retro c'era la sua storia, il suo martirio e una preghiera di devozione che saltavo sempre.

Carlo aveva cominciato a entrare in casa la sera. Be', non potevo certo dire che mi amasse, ma diciamo che tra noi si era stretto un patto di non belligeranza che gli permetteva di accucciarsi vicino al camino. Dal suo modo rituale di accovacciarsi, pensai che forse lo faceva anche con la vecchia. Puzzava da morire e il suo pelo era increspato da fare schifo.

Una mattina mi alzai e mi accorsi di aver lasciato il finestrino dell'auto abbassato e la porticina del pollaio aperta. Nella notte le due realtà si erano fuse insieme: 1, 3 e 4 erano comodamente sedute nel sedile posteriore; 2 e 5 su quelli anteriori; X era di vedetta sul cofano della Y.

Incazzato per il merdaio che avevano combinato, comunque ero felice che non se ne fossero andate, perciò le lasciai tutta la mattina dove le avevo trovate. Evidentemente i tappetini logori della macchina le ispiravano, perché trovai non una, bensì quattro uova.

Erano trascorse ottocentosedici ore delle quattromilatrecentosessantotto a mia disposizione, avevo distrutto la mia esistenza, quella di Giulia e quella di chi ancora non era venuto al mondo, comprato una casa di merda, regalato una macchina a una famiglia di polli, spostato un letto dal primo piano al piano terra, ospitato un cane cieco e sporco da fare schifo, speso quasi undicimila euro. Un bilancio davvero esaltante.

Non avevo avuto la possibilità di portare con me vestiti

pesanti, nonostante fosse la fine di settembre quando avevo abbandonato casa mia. L'estate si era trascinata un po' di più e Giulia e mia suocera non avevano ancora fatto il cambio di stagione, momento solenne in cui madre e figlia ogni anno consolidavano la loro alleanza.

Mi ritrovavo quindi a indossare dai due ai tre maglioni di cotone alla volta, sempre gli stessi, ma invertendone l'ordine. In realtà, dalle 16.42 del 27 settembre dovevo aver perso almeno una decina di chili, rientrando così nel mio peso forma. Il rilassamento e la vita sedentaria degli ultimi due anni mi avevano appesantito un po', ora forse ero ritornato al mio peso di ragazzo.

Non sapevo quanto mi sarebbero durati i soldi e, pur cosciente che sarei finito prima io di loro, non mi andava di sprecarli. Decisi perciò che non mi sarei comprato cappotti o sciarpe, avrei rovistato negli armadi di casa e avrei indossato quello che trovavo.

In una delle mie ispezioni, trovai alcuni capi interessanti.

Immaginai che fossero appartenuti al defunto marito della defunta vecchia che, a giudicare dalla taglia, doveva essere stato un bel marcantonio di uomo. Dalle giacche e dai cappotti avanzavo una decina di centimetri di manica e mezzo metro in lunghezza. Così decisi di accorciarne un paio, tagliandoli senza preoccuparmi degli orli, poi stesi i nuovi modelli post-atomici sul fil di ferro tra la casa e il pollaio. La puzza di naftalina mi dava la nausea, ne trovai perfino nelle tasche.

Ciò che però mi diede più soddisfazione fu un vecchio

mantello, una versione umbra del tabarro, il tipico mantello veneto a ruota lungo fino ai polpacci in tessuto pesante. Da sempre sognavo di comprarmene uno: nebulosi ricordi mi riportavano a mio nonno, quando, di ritorno dall'osteria dove si era fatto un bianchetto, dava mantello e cappello a me e a mio cugino che, così equipaggiati, diventavamo io Zorro lui John Wayne.

Evidentemente dovevo proprio trovarmi nella merda, prima di togliermi la soddisfazione di possederne uno. Sorrisi all'idea. Lo indossai con una punta di emozione, e il suo peso quasi mi piegò le spalle. Non era messo granché bene, qua e là aveva evidenti buchi, forse delle tarme, sulla schiena il colore era sbiadito, come se chi l'aveva indossato avesse portato la legna, e l'orlo finale si era staccato in più punti. Ma il suo aspetto trasandato si abbinava perfettamente al mio e, soprattutto, a quello dei miei capelli, sempre più simili al pelo incrostato di Carlo.

Trovai una soluzione anche a quello: un cappello molto simile a quello dei gangster degli anni Trenta. Se il povero marito della vecchia era così alto da farmi quasi trascinare il mantello, be', la sua testa non doveva essere molto grossa, perché la mia ci entrava a malapena.

Erano le sette del mattino, o giù di lì, quando, così agghindato, mi inoltrai nel bosco *di mia proprietà*. Preceduto dal passo lento di Carlo, mi affidai all'unico sentiero che l'irruenza del sottobosco aveva risparmiato. Avevo bisogno di legna, ma anche di sgranchirmi le gambe.

La nebbia di novembre e la maestà degli alberi mi incutevano un misto di paura e tensione, il silenzio mi entrava nella testa, l'aria fredda nei polmoni. Mi strinsi istintivamente nel mio nuovo mantello, quasi sperando che l'uomo grande e grosso che l'aveva portato un tempo mi potesse proteggere.

Tutto intorno, solo bosco.

Carlo camminava a testa bassa come se il suo corpo si muovesse su una rotaia. Ebbi la netta sensazione che non fosse più un semplice passeggiare ciò che stavo facendo quella mattina, ma un seguire, come se quel vecchio cane guercio mi stesse guidando in qualche posto che conosceva bene.

Cercai di ricordare quante volte, nella mia vita prima del 27 settembre, avessi camminato da solo in un bosco, ma non trovai tracce nella mia memoria.

Man mano che i miei pensieri si lasciavano andare a ciò che mi circondava, iniziai a sentire il suono del silenzio. Quella che in un primo momento mi era sembrata totale assenza di rumori ora era l'esatto contrario, era la somma dei rumori stessi: il mio passo appesantito, il respiro affannato di Carlo, lo scricchiolare del legno di corteccia, una bava di vento tra le foglie, qualche animale tra i cespugli, un riccio di castagna che si staccava dai rami, un uccello che svolazzava tra le fronde, un mondo che non avevo mai sentito.

Troppo intento ad ascoltare quei nuovi suoni, non mi accorsi che Carlo si era fermato e inciampai sulla sua schiena, rischiando di cadere e causando quella che mi parve una smorfia di disappunto canino. Nelle sue intenzioni, eravamo arrivati.

Ci trovavamo in un punto in cui si apriva una radura,

che era anche una sorta di collina nella collina del bosco. Il terreno era disseminato da una decina di alberi, tagliati in modo che la base formasse una specie di sedile con lo schienale. Solo più tardi mi accorsi che erano dodici. Assomigliavano a delle piccole seggiole. Davanti a esse, una rudimentale croce di legno. In realtà non era una vera e propria croce ma una T, dove la trave verticale era, nella sua estremità superiore, inchiodata a una trave orizzontale e il punto di incontro era tenuto insieme da spago grezzo.

Carlo si accovacciò in un punto ben preciso, il che mi diede la conferma di quanto conoscesse bene quel posto.

Il modo in cui la vegetazione aveva preso il sopravvento sulle dodici seggiole mi fece intuire che da tempo nessuno vi si era più seduto.

Immaginai che i cari estinti avessero una profonda devozione per san Francesco e avessero deciso di creare un piccolo luogo di preghiera nel bosco di loro proprietà o, ancor più facilmente, tagliando la legna per il camino, si fossero ritrovati uno spiazzo libero in cui poi avevano posto una croce.

Ciò che non tornava alla mia razionalità era: perché così lontano dalla casa se si poteva tagliare legna più comodamente a una cinquantina di metri di distanza?

Mi sedetti su uno di quegli sgabelli naturali e, subito, mi tornarono alla mente quelli del Gasoline.

Il Gasoline era stato il locale della mia seconda adolescenza, quella fase della vita, dai diciannove ai ventiquattro anni, in assoluto la più bella, che ti permette di scoprire le cose che nella prima adolescenza ancora non ti appartengono. La patente, il potere assoluto quando sei al volante della tua auto – anche se guidi una Panda Fire, scartata da tuo nonno – la radio a tutto volume su *Paradise City* dei Guns N' Roses, i tuoi amici ammassati sul sedile di dietro a urlare a squarciagola, le prime scopate da contorsionisti perché sulla Panda i sedili non sono reclinabili, e poi i locali come il Gasoline, dove andavi senza farti accompagnare da papà, dove bevevi i tuoi primi alcolici, dove Igor il barista ti chiedeva con tutto il bon ton di cui era capace *che cazzo vi porto?* e poi Erika, la barista più bella del mondo.

Erika era il motivo per cui non esisteva altro locale se non il Gasoline, quella per cui tiravi a sera che ti eri scolato dieci birre e tutta la paghetta settimanale, solo per vederla arrivare ancora una volta al tavolo a prendere le ordinazioni.

E poi la musica assordante del Gasoline, le arachidi a manciate, il sogno americano nella provincia di Verona.

Un dolore intenso mi riportò al tronco su cui ero seduto, una sorta di morsa al fianco destro che mi costrinse a vomitare lì dove mi trovavo.

Appena riuscii a mettermi in piedi, mi riavviai verso casa, non senza aver lanciato un'occhiata di disprezzo a quella croce che sembrava essere proprio la mia.

Mentre rincasavo, sempre preceduto da Carlo, mi resi conto che era il 2 di novembre, il giorno in cui tutti i buoni cristiani affrontano la gara dei crisantemi: orde barbariche si gettano su ignari cimiteri, con quintali di crisantemi, trasformando un luogo di silenzio nel più grande mercato all'aperto di tutta la cristianità.

A chi da tempo si è trasferito dal paese, basta tornare in occasione della festività dei defunti per essere aggiornato su ogni sorta di pettegolezzo, attorniato dalle tombe di quelle povere anime che nessuno considera e che, ho sempre immaginato, non vedono l'ora che tutti si tolgano dalle palle, visto che deve passare un anno prima che qualcuno torni a cambiare i crisantemi appassiti – e soprattutto l'acqua marcia – che in quell'unico giorno traboccano dai vasi come candidi palloncini.

Una ventata di malinconia si impadronì di me quando mi resi conto che alla prossima festa dei morti anch'io sarei stato dall'altra parte, e che per me nessuno avrebbe comprato un fiore, nessuno stramaledetto crisantemo, perché nessuno sapeva dov'ero, nessuno probabilmente mi avrebbe cercato, nessuno mi avrebbe pianto.

L'immagine di Giulia mi investì come un treno, e con lei quella di mio figlio, un ovetto bianco con le sembianze di un topolino su di un'ecografia che sembrava un tunnel di nebbia.

Il colpo fu così forte che barcollai e dovetti appoggiarmi di nuovo a un albero per non crollare a terra: il viso di mia moglie era solcato dalla sofferenza, i suoi occhi spenti.

Carlo si voltò a guardarmi. Appreso che ci sarebbe voluto un po' perché riprendessimo il cammino, si accovacciò sull'erba, in attesa che la carovana ripartisse.

Mi ero chiesto molte volte, dal giorno della mia fuga, se non sarebbe stato più giusto condividere con lei, se non sarebbe stato più corretto finire il mio percorso tra le sue braccia, coccolato dall'amore che, da sempre, lei aveva tenuto in serbo per me. *Nella salute e nella malattia* era ciò che avevo giurato davanti al suo vestito bianco, *finché morte non vi separi.*

Ero stato un egoista?

Avevo davvero scelto il suo bene, o ero fuggito per trovare il mio?

Appoggiato a un albero di un bosco immerso nella nebbia, piegato su me stesso con le lacrime agli occhi, sorrisi sarcastico alle mie domande del cazzo.

# 7

L'importanza del cordone ombelicale, non solo per la crescita fisica di un bambino, ma anche e soprattutto per quella spirituale e caratteriale, era oramai riconosciuta da qualunque sito internet dedicato alla gravidanza.

In linea con la mia ossessione di controllo, una volta ripresomi dall'annuncio di Giulia che mi diceva che sarei diventato padre, mi ero buttato alla ricerca di tutto quanto mi avrebbe aiutato a padroneggiare la situazione. Era l'unico modo per mascherare il panico che mi saliva dalle ginocchia all'idea di avere la responsabilità della vita di una creatura indifesa e totalmente dipendente.

Non ero capace di badare a me stesso, figuriamoci a un pannolino enorme con un cucciolo dentro.

Avevo saputo che sarei diventato papà un mercoledì sera quando, tornato a casa, avevo trovato una maglietta della mia squadra del cuore, grande come la mia mano, con su scritto *Oggi è nato un nuovo tifoso dell'Hellas!* e, di fianco, il test di gravidanza con le sue due lineette rosse in bella vista.

Ci mancò poco che mi prendesse un infarto dalla felicità.

Alcuni siti descrivevano il cordone ombelicale come il canale attraverso cui non passava solo il nutrimento, ma anche l'hard disk della vita della mamma e di conseguenza quella della mamma della mamma e della mamma della mamma della mamma, con tutti i rispettivi agenti esterni, che siano i mariti o i traumi del caso.

Questi siti sostenevano che alcuni eventi scioccanti della vita della madre si trasferivano nei file temporanei del cucciolo, causando lesioni che si sarebbero viste nel cammino della sua esistenza, soprattutto a livello emotivo e relazionale.

Generalmente non bevevo tutto quello che mi veniva raccontato, ma questa faccenda del cordone ombelicale mi aveva colpito molto.

Per un gioco del destino, sei mesi erano quelli che separavano me dalla morte, il piccolo dalla vita, troppo lunghi, troppo importanti per viverli uno a fianco dell'altro, nello stesso letto, abbracciati alla stessa donna.

Sapevo però che era un altro il motivo che mi aveva indotto a fuggire: l'egoismo.

Chemioterapia e radioterapia mi avrebbero tenuto comunque lontano da Giulia, troppo pericoloso avvicinarsi a una donna incinta, e io non avrei sopportato di vederla piangere attraverso il vetro di una clinica, non avrei sopportato di vedere il suo sguardo di pietà sulla mia testa completamente calva, su un corpo che di virile non avrebbe avuto più nemmeno un pelo.

Non avrei sopportato di vederla consumarsi insieme a me, nei sei mesi che avrebbero dovuto vederla fiorire, non avrei sopportato che mio figlio portasse su di sé il riflesso di una malattia del cazzo che aveva colpito un padre che lui non aveva nemmeno conosciuto.

Ero certo che sarebbe passato del tempo, forse molto, più di quanto ne avessi io, ma prima o poi Giulia mi avrebbe perdonato, perché non erano mai esistiti rancore o vendetta nel suo cuore, per nessuno.

Ero certo che prima o poi avrebbe accantonato la rabbia e, come faceva sempre, con qualunque individuo, anche il peggiore, avrebbe parlato di me descrivendo solo i pregi, tralasciando i difetti, anche con uno come me, anche raccontandomi a mio figlio.

Ne ero sicuro, Giulia non mi avrebbe tradito.

Barcollando ripresi il mio cammino verso casa. In un lago di sudore, fui costretto a togliermi il pesante mantello ma, non avendo la forza di trascinarlo, lo abbandonai accuratamente piegato lungo il sentiero. Appena fossi stato meglio, sarei tornato a riprendermelo.

Erano passate circa tre ore di quella mattina che a me sembrava infinita, dovevano essere circa le undici quando uscii dal bosco. La nebbia si era quasi del tutto diradata lasciando sulla collina un freddo pungente e un cielo grigio.

Non mi accorsi della sua presenza fino a quando Carlo non si mise ad abbaiare e ringhiare. Il suo unico occhio funzionava decisamente più dei miei due sani.

«Carlo, a cuccia, sono io» disse la figura seduta sulla pietra vicina all'uscio di casa. Il cane ne riconobbe subito il suono, perché smise di abbaiare e corse incontro a quell'uomo che ancora io non riuscivo a distinguere.

Man mano che mi avvicinavo, cominciavo a scorgere meglio l'individuo che, alzatosi in piedi, mi veniva incontro con un sorriso piantato su di un viso giovane.

Il saio marrone, il cordone in vita e soprattutto i sandali logori non lasciavano dubbi sulla sua professione: non era un commercialista.

«Buongiorno» mi disse con tono squillante.

«A lei» risposi, con alito di vomito. «Mi sono sempre chiesto se non vi si gelano mai» dissi indicando i piedi nei sandali. «Non ha paura che prima o poi le si stacchino le dita?»

Lanciò una sonora risata nel freddo, poi disse: «Ma certo amico mio che si gelano, quasi tutti i giorni, ma è talmente bello sentirli rinascere la sera, con un bel bagno bollente, che non si può far altro che ringraziare il bel Dio di averli inventati».

«Buon Dio.»

«Come?»

«*Buon* Dio, padre. Si dice *buon* Dio.»

«Ah, certo, certo» mi rispose, rifilandomi una robusta pacca sulla spalla che mi fece barcollare di nuovo.

Era un bell'uomo, barba incolta, capelli corti ma non troppo, circa un metro e ottanta, poco più della mia età. Sopra il saio portava un mantello dello stesso colore, e dal cordone pendeva un grosso rosario di legno, con il classico tau francescano, penzolante poco sotto le sue ginocchia.

«Mi chiamo frate Walter» disse, allungando entrambe le mani. Io finsi di non capire e ne allungai una sola, ma lui ignorando il mio tentativo, mi abbracciò.

«Io sono Pietro.»

«Ah, Pietro, un nome importante, lo sai vero? A Pietro,

pietra scartata dai costruttori divenuta testata d'angolo, furono affidate le fondamenta della chiesa di Dio e la vera chiave per entrare nel regno dei cieli.»

«L'ho sentito dire» tagliai corto.

«Allora sei tu che hai comprato la casa della povera Lia, una santa donna, lei e anche suo marito, il Guerrino. Era davvero un bravo uomo.»

«Li conosceva bene?» dissi, addentrandomi in una conversazione che non mi interessava affatto.

«Certamente, passavo da qui una volta a settimana. La grappa di Guerrino mi ha sempre scaldato anche le dita dei piedi, oltre che il cuore.»

Intuii che non la usasse per farsi un pediluvio, ma una serie di goccetti con il caro estinto. Ecco il perché di quei bottiglioni pieni di un liquido chiaro schierati come un battaglione nell'angolo del portico: avevo capito che non doveva essere acqua di Lourdes, ma la mia nausea mi aveva impedito categoricamente di aprirne uno per annusarne il contenuto.

«Non vedo la macchina, ha parcheggiato lontano?» gli chiesi, nella speranza che avvertisse la mia poca voglia di compagnia.

«Mio caro amico, niente macchina per me, ma due buoni sandali e un rosario da sgranare. Vivo nell'Eremo delle Carceri con i miei fratelli, poco lontano da qui.»

Rimasi un po' perplesso dalla sua risposta, non ero ancora pratico della zona, ma mi sembrava che l'eremo in questione fosse circa a una ventina di chilometri più a valle.

«Vedo che anche tu non ami molto le auto. Complimenti per l'idea del pollaio, quelle care bestiole te ne saranno davvero grate!» mi disse con un'altra incontenibile risata. «Be', adesso è ora che vada, amico mio, ero passato per benedire la tua casa come facevo con i miei cari amici, ma adesso è tardi, magari tornerò domani, sempre se hai tempo per il bel Signore.»

«*Buon* Signore, e comunque non si preoccupi padre Walter, io non sono particolarmente credente, non c'è bisogno che si disturbi per benedire la casa» ribattei prontamente.

«Ah, sei anche tu uno di quelli che credono che la perfezione dell'essere umano nasca dall'assoluta autonomia di un superspermatozoo generato dal caso... Bravo, bravo, bravo. Non ti preoccupare, nessun disturbo, mio caro amico, torno sempre volentieri a trovare il vecchio Carlo. Camminare fin quassù mi dà tutto il tempo di lodare la magnificenza del bel Signore, e poi, onestamente, so che c'è ancora molta di quella meravigliosa grappa.»

«*Buon* Signore, padre. E poi, davvero, a riguardo del tempo da dedicare, non si disturbi, okay?» presi fiato e poi di corsa sputai fuori: «Ho un tumore al fegato, mi hanno dato sei mesi di vita e...».

Il suo volto si aprì in un sorriso raggiante, lasciandomi letteralmente esterrefatto, quasi che la sua mente avesse recepito l'esatto contrario di quanto la mia bocca aveva detto.

«Meraviglioso mio caro amico. Meraviglioso!» e si allontanò con una mano alzata in segno di saluto.

Rimasi impietrito sull'uscio di casa per una buona

mezz'ora, in attesa di capire se avevo sentito bene o se il tumore aveva risalito il mio corpo fino ad attaccare il cervello, o quella poca cosa che era rimasta al suo posto.

*Meraviglioso?*

Ma che cazzo voleva dire *meraviglioso*?

Forse che mi stava prendendo per il culo, o forse avevo solo capito male.

Riascoltai il *rewind* di quell'ultima frase una decina di volte, prima di decidermi a dire *ma vaffanculo* a quel frate che non vedevo più, nemmeno in lontananza.

Non c'era neppure sarcasmo nelle sue parole, ma pura e semplice serenità, solo *meraviglioso*!

Feci molta fatica a prendere sonno quella notte, a ogni pensiero che filtrava, la mia testa rispondeva *meraviglioso*. Pensai a Giulia e a quanto mi mancava, *meraviglioso*, alla mia casa, *meraviglioso*, alla mia vita noiosa e abitudinaria, *meraviglioso*, agli amici del bar, *meraviglioso*, a mio figlio, *meraviglioso*, a Carlo, *meraviglioso*, al mantello lasciato nell'oscurità del bosco, *meraviglioso*, a quel maledetto frate che aveva osato prendermi per il culo, *meraviglioso*.

Mi ripromisi che l'indomani il tipo avrebbe avuto il fatto suo. È vero, stavo per morire, ma non mi sarei mai fatto prendere per il culo da un frate, neppure sul letto di morte. Domani ti faccio vedere io, mi ripetevo.

D'un tratto scoppiai in una risata stanca, una di quelle che mi scappavano solo quando ero allo stremo delle mie energie. A volte ridevo talmente tanto da farmi venire le convulsioni e, una volta passata la crisi, puntualmente Giulia mi guardava negli occhi e diceva *buh!* e io riprendevo a ridere come un pazzo, con le lacrime che mi colavano sulle guance e le braccia a tenermi la pancia per non farmi la pipì addosso.

A dare il via a quella crisi era stata l'idea della mia faccia da ebete, quando il frate mi aveva detto *meraviglioso*. Era esattamente quella del *buh!* di Giulia.

Quella sera risi talmente tanto al punto da farmi *buh!* da solo. Carlo sconvolto si infilò sotto il tavolo, ma io non riuscivo più a smettere, e più ridevo, e più piangevo.

Mi addormentai ridendo, quasi affogando nel mio pianto, tanto che non fui costretto neppure a prendere gli antidolorifici.

# 8

La mattina seguente ero sveglio alle cinque, minuto più minuto meno. In realtà non lo sapevo, avevo lasciato il mio orologio da cinquecento euro sul lavandino dell'autogrill e l'unica sveglia nella casa si caricava a mano, senza bisogno delle pile, ma era necessario avere un altro orologio per poter mettere a posto le lancette.

Immaginai che fossero le cinque, o giù di lì, perché X non aveva ancora cantato, cosa che succedeva intorno alle sei, o quelle che io reputavo essere le sei del mattino.

Mi sentivo come quando, da ragazzino, giocavo in una squadra di pulcini: fantasticavo già dal lunedì sulla grande partita del sabato pomeriggio, su quale numero mi avrebbe assegnato il mister, su quali magnifici gol avrei realizzato in rovesciata, perché da bambino i *magnifici gol* sono sempre in rovesciata.

Ancora nel buio di un mattino di novembre, che non faceva capire se mi avrebbe inondato di sole, di nebbia o di gelo, mi sentivo con le scarpe da calcio con tacchetti in metallo e parastinchi già indossati, per la grande rivincita nello stadio della mia vita. Nell'altra metà del rettangolo verde, la temutissima squadra di frate Walter, I meravigliosi. L'andata era finita uno a zero per loro, ma avevano segnato solo per una piccola disattenzione della difesa e in dubbia posizione di fuorigioco. Il ritorno sarebbe stato diverso, avrei cambiato modulo, per un più offensivo 4-3-3. Ero certo della vittoria.

Cominciai a dubitare che la squadra dei Meravigliosi si sarebbe presentata quando le ombre cominciarono a calare sull'uscio di casa e sul rettangolo di gioco non si era palesato ancora nessuno: le condizioni erano state ottimali, il sole aveva scaldato quel tanto di cui era capace in quel periodo, e la sanguisuga che cresceva nel mio fegato non si era quasi fatta sentire per tutto il giorno.

Ero rimasto seduto quasi dodici ore sulla porta, ad aspettare invano che arrivasse.

Per paura di perdere la partita, non avevo fatto un accidenti di niente, non avevo preparato la legna per il fuoco, non ero andato ad Assisi a fare un po' di spesa. Ero in riserva di tutto, dalla carta igienica ai rasoi usa e getta. Inoltre avrei dovuto passare dall'incravattato per fingere di essere interessato al prosieguo del mio atto d'acquisto. Niente di niente.

Deluso come quando passavo tutta la partita relegato in panchina, mi tolsi le scarpe da calcio e optai per una frittata gentilmente offerta da 2 e 4, per poi coccolarmi in un prelibato dessert dalle origini arcane.

Un giorno oramai lontanissimo dei tanti passati al liceo, il mio professore di disegno tecnico, tale professor Zanelli, si perse nel raccontarci di come lui, solo e zitello da sempre, amasse mangiare una mela in inverno, una sorta di rito che partiva dalla sbucciatura, lasciando il frutto rigorosamente intero. La seconda fase richiedeva l'incisione della parte centrale per togliere il torsolo con i semi, creando così un tunnel da parte a parte; pronta la mela, metteva a scaldare in un pentolino un bicchiere o due di vino rosso, poi vi adagiava dentro la mela e la cospargeva di due cucchiaini di zucchero.

Una volta in ebollizione, il vino saliva dal culo della mela per uno strano principio della fisica, eruttando come un vulcano, per poi essere assorbito in parte dalla mela stessa.

Quando la mela era rossa, la mangiava, gustando ciò che restava del vino caldo in un bicchiere di vetro rigorosamente trasparente. Ricordo che già allora la cosa mi affascinò molto, quasi ci fosse qualcosa di mistico in quel fare.

Quella sera gustai la mia mela in onore di quel vecchio professore e il bicchiere di vino caldo mi scaldò il cuore, facendomi quasi dimenticare la delusione per la partita non giocata.

Passarono due giorni e mezzo prima che rivedessi il frate burlone, circa trentasei ore dal nostro primo incontro, ottocentonovantasei delle mie quattromilatrecentonovantasei totali. Immaginando che non l'avrei più rivisto, ero ritornato a occuparmi di riempire il tempo che mi separava dalla mia partenza: raccoglievo legna, davo da mangiare all'alfabeto, liberavo le magnifiche cinque.

Stavo per salire in macchina e scendere ad Assisi per un po' di spesa, quando lo vidi arrivare da quello che un tempo era stato il vialetto di ingresso alla proprietà. Mi salutò con un ampio gesto della mano e un corredato sorriso sulla faccia. Spensi la macchina e lo aspettai senza andargli incontro.

«Buongiorno Pietro.»

«Buongiorno frate Walter, il meraviglioso!» lo accolsi con sarcasmo.

«Oggi fa davvero freddo, non credi?»

«Direi che le servirebbe un paio di scarpe. Se vuole guardiamo tra quelle avanzate dal signor Guerrino.»

«Hai ragione, ma niente *lei*, va bene?» mi rispose, ignorando le mie provocazioni. «E poi, come ti ho detto, dovrei rinunciare a sentirli vivi.»

«Credevo che *ti* avrei rivisto l'altro giorno. *Hai* trovato traffico sul sentiero della santità?» lo incalzai, sempre più acido.

«No, no, no, caro Pietro» risuonò la sua frizzante risata «non c'è la fila in questi ultimi tempi per la laurea in santità. Con un po' di lavoro potresti prenderla perfino tu!»

Uno a zero per lui, *cross* dalla fascia e gol di testa all'incrocio.

«Grazie, ma non fa per me. Non sono votato al martirio, e di mio preferisco le scarpe da trekking.»

Uno a uno su azione di contropiede, palla al centro.

«Da cosa fuggi, Pietro?»

La sua voce, a un tratto seria ma estremamente rassicurante, mi sbilanciò, lasciandomi per un attimo senza parole.

«In che senso?» domandai a mia volta cercando di prendere tempo.

«Be', un uomo della tua età non si trasferisce da solo in una vecchia casa fatiscente, senza riscaldamento, in una regione che non è la sua, abbandonando una moglie, un buon lavoro, un'intera vita, solo perché qualcuno gli diagnostica un tumore al fegato.»

Ero sconvolto: in un nanosecondo eravamo già quattro a uno per lui e non avevo neanche capito da dove arrivava la palla.

Cercai in tutti i modi di fingere di avere la situazione sotto controllo, in realtà ero nel panico più totale: «Chi ti ha detto tutte queste cose sul mio conto, sei il frate della Digos?».

Risata. «No, Pietro, ma non ci vuole un genio per capire che non sei un contadino, lo stemma di Verona sulla targa per capire che non sei umbro, la fede al dito per capire che sei sposato e che la ami ancora, un po' di studi d'iridologia per capire che il trauma è nel fegato. Il fatto che tu invece non mi abbia mai guardato negli occhi, mi dà la certezza che sei un fuggiasco.»

K.o. tecnico alla seconda ripresa, fine dell'incontro.

«Facciamo due passi» mi disse «immagino tu abbia già visto la croce di Guerrino. Ti va se andiamo a sederci un po' là?»

Annuii senza parlare, col viso solcato di lacrime, lo stomaco contratto come un pugno. Il riferimento a Giulia mi aveva mandato al tappeto. *La ami ancora* aveva scardinato ogni mia difesa, ora ero totalmente in balia di lui e di qualunque cosa avrebbe detto.

Attraversammo il bosco, ovviamente preceduti da Carlo. A metà strada trovai il mio mantello, nello stesso punto in cui l'avevo lasciato, piegato con cura e visibilmente inzuppato: la notte umida doveva averlo usato per coprirsi le spalle.

Mi ritrovai a vomitare su di lui i trentotto giorni più assurdi e orrendi della mia vita, paure, sensazioni, rabbia, sensi di colpa. E poi Giulia. E poi mio figlio. E poi perché io. Perché a trentacinque anni. Perché nel fior fiore dei miei sogni. Due ore di vomito spirituale ininterrotto, mentre lui non diceva una parola. Rimase lì, seduto al mio fianco, con le mie mani tra le sue e con i suoi occhi nei miei. Forse ero troppo impegnato a buttare fuori il mio dolore, ma mi parve che frate Walter non battesse le palpebre nemmeno una volta.

Quando smisi di parlare e piangere, mi sentii talmente stanco e debole che la testa mi girava, le mie gambe erano pesanti come se avessi fatto un bagno con i jeans indosso, le sue mani ancora stringevano le mie, i suoi occhi ancora dentro i miei.

«Qual era la tua passione da giovane? Cos'era che ti dava più soddisfazione?»

Ero troppo scosso per concentrarmi sulla domanda, per cui risposi con la pancia: «Dipingere».

Era vero, non mi ero mai sentito soddisfatto e realizzato come negli anni del liceo artistico: dipingere, scolpire, modellare la creta mi svuotava e mi riempiva in ugual maniera, liberandomi da tutto ciò che mi creava ansie. Riuscivo a estraniarmi con la sola forza di un pennello, dei colori e una candida tela.

«Da quanto tempo non lo fai?» chiese senza cambiare tono.

«Non mi ricordo, direi dai tempi della scuola. Saranno oramai... più di quindici anni che non dipingo qualcosa.»

«È ora di ricominciare, non credi? Sono certo che in città troverai tutto l'occorrente.»

«Non so» dissi ancora frastornato «non mi sento molto nello stato d'animo di dipingere e poi non so se ne sono ancora capace.»

Frate Walter rise sonoramente. «Farai di certo meglio di me, ho sempre disegnato come un cane, senza offesa per Carlo. Vedrai, ti farà bene. Ora dobbiamo rientrare o il tuo fegato ricomincerà a farsi sentire.»

Giunti davanti a casa, non riuscii a trattenere la mia fragilità: «Ho fatto male ad abbandonare Giulia?» chiesi con la voce rotta dal pianto.

«No, hai fatto bene» rispose con voce rassicurante e sicura. «In casa troverai una Bibbia. La Lia la custodiva come un oracolo. La Bibbia è la carta d'identità, la vera Costituzione per noi cristiani. Leggi il secondo e terzo versetto del settimo capitolo degli Atti degli Apostoli, ti renderai conto di aver fatto la cosa più dolorosa agli occhi degli uomini, ma la più corretta agli occhi di Dio. Vai a comperare pennelli e colori, non dimenticartene.»

# 9

Ad Assisi non fu difficile trovare l'unica bottega che vendesse materiale per dipingere: un omino calvo come una lampadina mi diede tutto ciò di cui avevo bisogno, non prima di avermi squadrato dalla testa ai piedi.

Il mio aspetto doveva essere orribile, come orribili erano i dolori all'addome. Mi sentivo esausto, privo di forze.

Per la fretta di andare a comprare tele e colori, non mi ero preoccupato nemmeno di ripulire la macchina. Solo sulla via del ritorno, mi accorsi che 4 era sul sedile di dietro, visibilmente terrorizzata per quel viaggio fuori programma.

Comprai tre tele lunghe cinquanta centimetri e larghe settanta, tempere acriliche dei colori primari, più alcune sfumature di rosso e di blu, una mezza dozzina di pennelli di martora di diverse dimensioni, rigorosamente con la punta a fiamma. Una cinquantina di euro in tutto.

Tornato a casa, svuotai il sacchetto di carta riciclata che l'omino mi aveva dato, e disposi il tutto sul tavolo per contemplare meglio dei vecchi amici che da un tempo infinitamente lungo non avevo più rivisto.

Spostai la credenza per liberare quanta più parete possibile, e nel farlo mi accorsi che santo Espedito Martire si era infilato tra il mobile e il muro ammuffito, una specie di soldato romano molto simile a Cesare in mantello rosso: lo riposi in fila con il resto della squadra, promettendo a me stesso che l'avrei letto prima di coricarmi. Appesi le tre tele con dei chiodi trovati nella cassetta degli attrezzi.

Il mio disordine cronico da sempre rendeva le mie auto e quelle di mia moglie una sorta di scatola magica, dove puntualmente infilavo oggetti che poi sarebbero stati inghiottiti dal nulla. Stavolta, grazie al mio disordine, a mia insaputa, mi aveva seguito in questo viaggio in Umbria la cassetta degli attrezzi, che avevo ritrovato nel bagagliaio della Y10, insieme alle pinne di Serena, un prestito mai restituito per il nostro viaggio a Sharm El Sheik di quattro anni prima.

Rimasi a osservare il bianco candido della tela su quel muro ammuffito, passai la mano sul lino tirato, mi parve quasi di sentirne il profumo.

Da ragazzo, preda come molti miei coetanei di un'impellenza poetica, avevo scritto: *L'amore è come una candida tela, chiunque, prima o poi vi dipinge, chiunque, prima o poi, vi si trova dipinto.* Non ero mai stato capace però di dipingere questo concetto, ma mi tornava alla mente ogni volta che osservavo una tela ancora immacolata.

Non avevo la più pallida idea di cosa avrei dipinto.

Passai tutta la sera a fissare le tele, in attesa che si affacciasse nella nebbia della mia mente un'ispirazione, ma attesi invano. Alla fine decisi che ci avrei pensato l'indomani.

Quando mi coricai, mi tornarono alla mente le parole

del frate, allora presi una candela e andai al piano di sopra. La differenza di temperatura dal pianoterra era di almeno quattro gradi e mi mise subito i brividi almeno quanto l'oscurità. In uno dei due comodini trovai ciò che cercavo.

Il freddo mi risvegliò dal sonno. Mi sedetti sul letto, appoggiai la Bibbia sulle gambe e cercai secondo le indicazioni del frate.

La copertina di pelle, usurata in più punti, conteneva migliaia di pagine di carta finissima, scritte fitte con caratteri piccoli. Immaginai la signora Lia, vecchia e mezza cieca, sforzarsi di leggere quanto contenevano. Osservando l'angolo in basso a destra delle pagine, mi accorsi che quasi non esisteva più da tanto era consumato: un'intera vita di polpastrelli leccati per girare le pagine. Ci misi un po' a capire la dinamica dell'indice. In realtà avevo sfogliato la Bibbia forse due volte nella vita: quando te la regalano alla Comunione e quando, senza ricordarsene, te ne regalano un'altra copia alla Cresima.

Dopo un po', trovai ciò che cercavo, il secondo e terzo versetto del settimo capitolo degli Atti degli Apostoli, diceva: *Fratelli e Padri, ascoltate: il Dio della gloria apparve al nostro Padre Abramo, quando era ancora in Mesopotamia, prima che egli si stabilisse a Carran e gli disse: Esci dalla tua terra e dalla tua gente e va' nella terra che io indicherò.*

Non era precisamente ciò che mi aveva detto il frate.

Con la Bibbia ancora tra le mani, caddi in un sonno senza sogni.

Fu il profumo del caffè a riportarmi indietro e per un

attimo mi parve di essere a casa. Giulia aveva l'abitudine di alzarsi dieci minuti prima di me al mattino, per poi svegliarmi con il borbottio della moka sul fuoco, o il profumo inconfondibile del caffè, o ancor meglio con due coccole e un bacio.

Poi, nella nebbia del risveglio, intravidi frate Walter intento a versare una tazza di caffè fumante. Dovevo essermi addormentato con la porta aperta.

«Buongiorno!» squillò lui come una tromba dei bersaglieri «ho visto che dormivi e ho pensato di lasciarti fare, ma avevo assoluto bisogno di un caffè caldo per il corpo e per lo spirito e mi sono servito. Spero non ti dispiaccia.»

Mi tirai su con non poca fatica.

«Che ore sono?» gli chiesi.

«Le cinque del mattino» mi rispose. «Vuoi del caffè?»

Un conato di vomito, che dallo stomaco mi risalì in gola, mi fece capire che non era il caso: rifiutai con un cenno del capo e mi misi seduto.

Il camino si era spento da non sapevo quante ore e faceva davvero un freddo cane. L'avrei riacceso, ma le gambe ancora non mi reggevano. Chiesi al frate di farmi il favore e in due minuti un fuoco scoppiettante e luminoso aveva ravvivato la stanza.

Ho sempre amato il camino, scalda il cuore delle case e di chi le abita. Anche quando sei solo, e lo senti crepitare, hai la sensazione di essere in compagnia di un vecchio amico.

Sorseggiò il suo caffè in silenzio e poi disse: «Sai che Dio esiste, vero?».

«Lo avevo sospettato, ma sai, san Tommaso insegna a non fidarsi troppo.»

«Be', invece dovresti amico mio, perché solo così avrai qualche risposta, e molte sono in questo libro. Se studi la meraviglia della vita, la genetica, la psiche, da un'infinitamente piccola cellula assolutamente autonoma e capace al più intenso dei sentimenti che l'essere umano può provare, non puoi pensare che sia tutto frutto del caso, amico mio, perché a caso non si genera mai un miracolo» disse, accarezzando con dolcezza la copertina della Bibbia.

«Ho fatto come mi hai detto, ma cosa c'entro io con Abramo? Lui non ha lasciato la moglie incinta per fuggire» replicai, curioso.

«La Bibbia che leggiamo oggi è in realtà filtrata da infinite traduzioni, e spesso chi traduceva e non capiva interpretava ciò che stava leggendo con ciò che era più logico, più comprensibile. In lingua aramaica, Dio non disse ad Abramo lascia la tua famiglia e va', bensì: Abramo, *vai a te stesso... vai a te stesso*! Capisci?»

«No.»

Non capivo affatto, non sapevo nemmeno di cosa stessimo parlando. In trentacinque anni di vita mi ero interessato alla Bibbia e alla vita di Cristo come alla storia della commessa del negozio di frutta e verdura di un qualunque centro commerciale d'Italia: immaginavo ci fosse, ma dubitavo mi potesse servire per vivere meglio.

«Adesso credo di aver proprio bisogno di un caffè.»

«È tutto scritto qui» mi disse, accarezzando nuovamente la copertina di pelle «la tua malattia, il tuo abbandono, la tua solitudine, la tua disperazione.»

Ora capivo ancora meno, che cazzo c'entravo io con Abramo, o con l'inizio del mondo, o peggio ancora con un patto firmato da un Dio e un uomo che non ero io.

Stai a vedere che adesso avevo un tumore perché Abramo non aveva rispettato qualche cazzo di clausola, scritta in corpo cinque, e i legali del buon Dio si rifacevano su di me.

«Ma cosa diavolo stai dicendo?» chiesi, con un misto di rabbia e sconcerto. «Cosa c'entro io con Abramo, con gli Atti degli Apostoli o con chi sa che altro?»

Il solo pensiero che stavo morendo per colpa di Abramo e della sua discendenza, che non avevo nemmeno avuto il piacere di conoscere, mi mandava in bestia.

«Non tu, Pietro, ma tutti noi esseri umani.»

«Certo, cazzo. Tutti. Ma il tumore ce l'ho io.»

«Dio ci ha creati liberi?»

«Immagino di sì.»

«E, se siamo liberi, lo siamo in tutto e per tutto, non credi?»

«Dove vuoi arrivare?»

«Allora, se siamo liberi e lo siamo sempre stati in tutto, significa che la nostra situazione attuale è solo conseguenza di ciò che noi abbiamo fatto, in tutta libertà, nel bene e nel male. Il nostro male non può essere mandato da Dio, ma è il frutto del nostro tradimento, del tuo tradimento come del mio, capisci?»

«No!»

«Dio fu chiaro nel dire ad Abramo *vai a te stesso*, vai in te, perché è dentro di te che puoi trovare Me, è in te che troverai la tua felicità, non nelle cose di fuori, ma in ciò che hai dentro, solo in ciò che tu stesso rappresenti. Tu sei figlio di Dio, a immagine e somiglianza di Dio, fatto da Dio e di Dio, della sua stessa essenza, e solo lì puoi trovare l'alleanza che Dio ha stretto con te e con i tuoi fratelli.» Fece una pausa, per riprendere fiato. «È abbastanza ovvio che mai Dio sarebbe venuto meno a un'alleanza, ed è quindi evidente che l'abbiamo fatto noi, non credi?»

«Non ci sto capendo un accidente! Ammesso che esista, come dici, anche se io non ci ho mai cenato assieme e non gli ho mai stretto la mano, ammesso che ci sia stata un'alleanza tra il primo uomo e Dio, ammesso che questa alleanza fosse nell'uomo stesso e per l'uomo stesso, come è possibile che questo coglione di uomo abbia dimenticato una cosa così importante per il genere umano?» chiesi, sempre più confuso.

«Per colpa delle traduzioni, Pietro. Ragiona: abbiamo tradotto *vai a te stesso*, *in te stesso*, con *vai, lascia tutto ciò che è importante*. Abbiamo permesso che il tempo distorcesse l'alleanza, facendoci dimenticare l'unica cosa senza la quale la nostra stessa vita non esisterebbe, noi stessi, e quindi la materia di cui siamo composti, Dio. Abbiamo iniziato un processo distruttivo che ci ha condotto alla rinuncia di noi stessi, abbiamo smesso di ascoltare il nostro corpo e soprattutto il nostro spirito per farci guidare da agenti esterni: dalla religione *in primis*, dalla morale, dalla politica, dall'economia, dalla tradizione, dal pensiero comune. O Padre Santo, mai espressione più meschina fu coniata: *pensiero* che la lingua italiana traduce come *spirito*, quindi assolutamente unico e personale, violentato e messo a tacere dalla parola *comune*, sinonimo di *collettivo*, di tutti, e quindi di nessuno perché ciò che è di tutti non potrà mai essere di persona alcuna, capisci? Il patto con Dio era di onorare la vita stessa che Lui ha messo nelle nostre mani, offrendocela come dono a sancire un'alleanza, qualcosa di più di un patto con degli esseri inferiori: una vera e propria alleanza tra esseri alla pari.

«Ci ha detto: *vai figlio mio, sii libero di andare e di fare ciò che vuoi, ma non temere, io non ti lascerò mai solo*. Anzi, ci ha anche detto dove trovarlo, se fossimo stati in difficoltà. Ci ha affidato la sua unica casa, il connubio tra la nostra anima e il nostro corpo, lasciandoci le chiavi di questa meravigliosa villa. Ci ha affidato delle mansioni assolutamente in linea con la nostra natura e il nostro modo di essere, e un cellulare in mano per rintracciarlo sempre in qualunque istante, la preghiera. Arroganti come siamo, abbiamo spento il cellulare appena usciti dal Paradiso, abbiamo rifiutato l'idea di essere comandati da Lui per poi farci comandare da qualcosa di molto peggio, senza capire che i suoi non erano ordini, ma doni che ci venivano offerti. Abbiamo tradito il nostro modo di essere, la nostra natura per sentirci più liberi e, così, siamo diventati schiavi di ciò che sta fuori. Abbiamo portato la dimora di Dio, noi stessi, a un tale degrado da non riconoscere più le sue originali sembianze, non abbiamo ascoltato gli scricchiolii del tetto, abbiamo ignorato le crepe nelle fondamenta, abbiamo ignorato il nostro sentire, Pietro, aumentando sempre più il volume degli agenti esterni per non dover ascoltare, capisci? Abbiamo smesso di amare la casa, abbiamo smesso di amarci, di amare noi stessi.»

La testa mi scoppiava, non capivo dove mi avrebbe condotto, ma intuivo che il vedere ciò che stava dicendo mi avrebbe fatto molto male.

«Le mansioni da svolgere sono la possibilità di sfruttare i nostri talenti, le nostre passioni, ciò che ci rende felici, ciò che ci fa stare bene nel corpo e nell'anima, ciò che ci gratifica veramente. Ma siamo stati così presuntuosi e stupidi da nutrire il nostro ego con il *non amarci*, pur di fargli torto, facendo ciò che era più giusto per noi, ignorando ciò che era più bello per noi.»

Ero sempre più confuso, sempre più frastornato, sempre più incazzato. «Continuo a non capire: cosa c'entra il mio tumore al fegato con tutto questo?»

Guardò per un po' fuori dalla finestra, ma non era lì.

«Perché non hai fatto il pittore, se ciò che ti faceva stare bene era dipingere?» mi interrogò.

Non seppi cosa rispondere.

Svariati erano i motivi che mi avevano portato, dal sogno bambino di fare il pittore girando il mondo con una tavolozza di colori, uno zaino pieno di pennelli, un sacco a pelo e un cane, incarnato in una sorta di Dolce Remì degli anni Ottanta, ribelle ed estremamente figo, alla scrivania di una soffocante multinazionale.

I sogni sono inversamente proporzionali alla vita di un

uomo: più l'uomo è cucciolo e più essi sono meravigliosi, immensi, colorati, reali e realizzabili.

Più l'uomo cresce, e più i sogni si ridimensionano, scolorano, si adattano a convenzioni, affondano sotto i colpi di tragedie, malattie, guerre, violenze, ammazzando il bambino colorato e generando un adulto in bianco e nero.

A volte addirittura scompaiono per lasciare il posto a frasi del tipo: *il mio sogno è comprare il suv*, *il mio è un Trilogy*.

Il mio sogno era affondato sotto le bordate delle corazzate nemiche, ancor prima di nascere: i genitori che mi consigliavano di pensare al futuro, per non dover fare la vita di mio padre che si era cotto i coglioni nei forni di una vetreria.

Le prospettive di lavoro: nessuno mai avrebbe comprato tanti quadri quanti me ne servivano per avere una sicurezza economica. La sicurezza economica sufficiente a pagare la rata mensile del mutuo, la rata del finanziamento del suv, la rata del telefonino di ultima generazione e quella del televisore al plasma, senza contare la sicurezza economica che mi garantiva i tortellini e le paste della domenica. E poi senza un pezzo di carta non sarei mai stato nessuno.

L'inserimento sociale: la sfilata della domenica mattina alla messa, dove la gente si gira a guardarti e a commentare mentre ti pavoneggi sulla tua nuova auto e le vecchiotte del paese si affrettano a dire *e be', ma guarda che ha un bel posto sicuro, un lavoro fisso, chissà i soldi che prende*.

La paura di essere giudicato: la paura di fallire per aver

inseguito un sogno, la paura di dover tornare con la coda tra le gambe a sperare per un posto nei forni di una vetreria.

Il futuro: quello che è sempre chiaro agli altri e nebuloso per te, quello che non è mai felice, ma sempre minaccioso, quello che non esiste.

Mai, prima di quel momento, mi ero reso conto che il mio sogno era morto da anni, si era spento un po' alla volta, in silenzio, senza che me ne accorgessi, troppo impegnato com'ero, a giustificarmi con tutto e con tutti.

Pian piano, mi ero assuefatto a fare ciò che dovevo fare, nella convinzione che era da fare e dovevo farlo io. Non mi ero accorto di essere diventato grande e di conseguenza il mio sogno minuscolo.

Non volevo mollare e allora ribattei, con cattiveria: «Ma cosa diavolo c'entra adesso questo? Stai a vedere che ho un cazzo di tumore perché non ho fatto il pittore e Abramo, offeso a morte dalla mia scelta, perché ci teneva un sacco ad avere una mia tela da appendere sopra il camino della sua villetta in località Paradiso, è andato da Dio e gli ha detto *punisci quel traditore, doveva dipingere paesaggi e sogni e invece fa il contabile del cazzo! Mandagli un tumore!*».

Solo quando Walter mi rispose, urlando, mi accorsi che anch'io avevo urlato.

«Dio Padre non manda i tumori, lo vuoi capire o no? Dio ama suo figlio, te, al punto tale da sacrificare se stesso su una croce, per non far morire l'amore nei tuoi confronti! Come può volere la tua morte? È altrove che devi guardare se vuoi trovare l'origine del tuo male, cazzo!»

La parola *cazzo* lasciò stupito tanto me come il frate. Ci

guardammo in faccia in silenzio, e poi scoppiammo a ridere come due ragazzini che fanno la gara di rutti: il suo era davvero stato un rutto fotonico.

«È ora che vada, amico mio. Ci vediamo presto, ma ricorda, Dio non ha creato la morte, è morto, lasciando cadere sulla terra in cui era conficcata la croce sangue e acqua: il sangue, il simbolo della vita, il conduttore della vita stessa, ciò che passa da padre a figlio, e l'acqua, la materia che nutre la vita, quella in cui nuotiamo prima di nascere, ciò che permette a ogni essere vivente di esistere. Il messaggio è chiaro quanto lo è la nostra stupidità: la sua morte ha sconfitto la morte stessa, perché tramite il suo sacrificio sono cadute sulla terra gocce di vita che non potevano che generare nuova vita, nuovo amore. Non è stato Dio a farti ammalare...»

Se ne andò com'era venuto, in silenzio. Ero confuso, deluso. Per uno come me, che aveva riassunto la sua fede nella messa di Natale, perché poi ne seguiva sempre una gran bevuta con lo scambio degli auguri, tutti questi discorsi sembravano tanto difficili quanto assurdi.

Ero confuso, perché non capivo che senso poteva avere parlarne a me che stavo per morire e che tra qualche mese avrei avuto la possibilità di vedere con i miei occhi se erano verità o balle.

Ero deluso, perché, se era vero, non avevo nemmeno più il diritto di incazzarmi con il destino o chi per esso. Ma a un certo punto la stanchezza prese il sopravvento e caddi in un sonno profondo.

Mi svegliai il mattino seguente, in un lago di sudore. Mi chiesi ancora una volta se il frate aveva ragione o se più semplicemente cercava di difendere il suo posto di lavoro, un po' come i tifosi, quelli che dicono che il rigore è sempre sacrosanto se è a favore, sempre inesistente se è contro.

Cercai di non pensare a nulla, ma di rimandare tutto al nostro prossimo incontro.

Indossai il mio mantello, oramai asciutto, mi vestii più che potevo e andai a dar da mangiare ai miei animali.

Tutto ciò che all'inizio della mia fuga era novità, stava diventando consuetudine. Le mani mi si erano riempite di calli, la faccia di barba. La prima volta che mi vidi con la barba lunga di un mese, risi di me. Lo specchietto retrovisore del mio bagno mi rimandò una barba tricolore, per lo più castana ma con riflessi rossi ben visibili e vistose chiazze di peli bianchi sulle basette e sul lato sinistro del mento, che sembravano un orrendo rigagnolo di bava.

Avevo imparato a tagliare la legna, a mungere la capra e, anche se il latte non era un granché, ero fiero di saperlo fare.

Avevo anche ucciso un coniglio, il povero F. Vomitando, per la precisione due volte: la prima dopo averlo ucciso, la seconda dopo averlo scuoiato. Nel ricordo che avevo di mia nonna, sembrava molto più semplice.

Non avevo mai ammazzato un animale, neppure investendolo con l'auto, ma avevo bisogno di mangiare della carne, almeno quanto di dimostrare a me stesso che ce l'avrei fatta.

Ci misi una settimana ad affrontarlo, almeno dieci giorni per mangiarlo senza vedere in ogni boccone i suoi occhi terrorizzati. Amavo la carne di coniglio, ma quando non aveva più l'aspetto di ciò che era stato, e diventava il magnifico sposo di fette di polenta.

Oramai ero una sorta di contadino eremita di serie B. Passavo le mie giornate a fare piccoli lavoretti, anche se, in realtà, la mia fattoria non richiedeva troppa fatica.

Facevo lunghe passeggiate. Almeno una volta al giorno mi recavo alla croce di Guerrino. Non pregavo, perché non ricordavo nessuna preghiera dall'inizio alla fine, e improvvisare da metà in avanti non mi sembrava molto carino, ma passavo comunque un'ora seduto su quei tronchi.

Ascoltavo i rumori della foresta, alzavo gli occhi agli stormi in partenza per migrare, più volte vidi un cinghiale: la prima volta rimasi così impietrito che quasi me la feci nei pantaloni, lui invece mi ignorò totalmente.

Quel posto aveva la capacità di darmi serenità, di estraniarmi dalla mia malattia. Mi sentivo adeguato, accettato dal contesto in cui ero, mi sentivo in armonia. Con frate Walter era diverso: allora si discuteva, lo ascoltavo recitare il rosario, leggere il Vangelo, ma comunque la sensazione era sempre quella di essere dove avrei dovuto essere.

A parte frate Walter, non vedevo nessuno, ma non mi importava. Una sola volta si palesò l'incravattato: non entrò nemmeno dalla porta mentre la sua espressione schifata cercava di mascherarsi dietro un sorriso di cortesia.

Mi disse che il rogito sarebbe slittato all'inizio dell'estate, ma che a lui spettava lo stesso il tre per cento di provvigione. Staccai un assegno e gli dissi di tornare da dov'era venuto.

Non mi interessava né il come né il quando. Non ci sarei andato comunque.

# 10

Era iniziato oramai anche dicembre. La neve promessa dai mesi precedenti era diventata realtà nella notte tra il 1° e il 2. Stare tanto all'aria aperta doveva aver destato quel poco di primitivo che mi legava ancora alla terra, perché riuscii a sentire il rumore della neve.

Quella notte mi ero svegliato. Carlo non mi aveva degnato di uno sguardo, appollaiato sotto il camino continuò nella sua mansione preferita: russare.

Mi avvicinai alla finestra, ancora assonnato, pulii la condensa con il palmo della mano: il riflesso di quel candido manto aveva risvegliato non solo me, ma anche la notte.

Accesi la luce sulla porta di casa. Ciò che vidi fu emozionante e spettacolare.

Il silenzio danzava con miriadi di candidi fiocchi che scendevano lenti, appoggiandosi su qualunque cosa. Come un bambino, mi fiondai di fuori. Come in una di quelle palle di vetro che si scuotono per vedere la neve, sembrava che una grossa mano avesse agitato quel mondo di cui adesso facevo parte. Il freddo mi svegliò del tutto, ma non potei resistere alla tentazione di togliermi le scarpe e affondare i piedi nudi in quella soffice coperta di neve.

Un brivido mi corse lungo tutto il corpo, togliendomi il

fiato. L'istinto dei miei piedi fu quello di ritrarsi, ma il cuore li invitò a non desistere e avanzare. Obbedirono, camminai per una ventina di passi nel buio della notte. Lo spettacolo offerto da quel riflesso immacolato era qualcosa di indescrivibile: tutto intorno a me, il silenzio, la maestosità di una collina innevata, un cielo che non smetteva di donare piccole stelle di ghiaccio. Ero un bambino felice.

Rientrato in casa, non indossai né scarpe né calze. Danzai da un piede all'altro, mentre aspettavo che una pentola di acqua si scaldasse per versarla in un vecchio catino di metallo. Poi uscii di nuovo. Avvinghiato al mio mantello, mi sedetti sull'uscio di casa e, infilati i piedi nell'acqua bollente, rimasi incantato a guardare la meraviglia che quella notte mi stava regalando. La neve che accarezzava ogni cosa scaldò il mio cuore, come l'acqua i miei piedi. Capii ciò che aveva voluto dire il frate dei suoi sandali.

In quel momento avrei voluto una sigaretta, due tiri tranquilli e magari un goccio di amaro. In quel momento non avrei voluto essere solo. Assalito dalla malinconia pensai a Giulia, mi accorsi di quanto avrei voluto vederla, di quanto avrei voluto accarezzare la sua pancia, il suo viso, i suoi capelli, di quanto avrei voluto parlarle, raccontarle, di quanto avrei voluto fosse lì con me, su quella porta di casa, a condividere la bellezza che stavo vivendo. Piansi un po' e poi rincasai.

In un mese avevo dipinto tutte e tre le mie tele. Il difficile era stato iniziare la prima, un po' come riprendere ad andare in bicicletta dopo molto, molto tempo: la prima pedalata è un po' barcollante, ma poi si va, con la voglia di correre.

Nella prima tela dipinsi uno dei paesaggi più famosi di Magritte: sullo sfondo delle montagne nere, alle spalle nuvole su di un cielo azzurro in primo piano, sul nero più nero, un lampione acceso, uno di quelli dell'Ottocento un po' arrugginiti, un grande chiarore, una luce accesa nel buio della sera che ancora non è notte. Non aveva un significato particolare, ma mi piaceva molto.

La seconda tela era di molti colori sgargianti, rosso, giallo, azzurro su uno sfondo che non era nulla di definito: in primo piano un uomo attaccato a un ombrello, sollevato da terra come se il vento lo portasse via, alle sue spalle un'ombra nera che sembrava seguirlo. La cravatta svolazzante e gocce di pioggia sospese. Sulla sinistra della tela lo stesso lampione, acceso, sulla testa dell'uomo una potente luce gialla.

Il terzo quadro fu qualcosa di inaspettato: come facevo da ragazzo, appoggiai la tela al pavimento e mi divertii a dipingere con le mani. Diventò un tripudio di tinte che mescolai con le dita. Toccare, palpare, sentire il colore con le mani mi faceva stare bene, quasi i miei arti fossero parte integrante di ciò che stava nascendo, quasi il colore risalisse dalle mie unghie, mi entrasse nelle vene delle dita e finalmente, dopo tanto, troppo tempo, desse un colore alla mia stessa vita.

Le visite di frate Walter erano diventate oramai quotidiane. Arrivava un attimo prima che facesse mattino e se ne andava un attimo prima di mezzogiorno, a volte rimaneva fino all'imbrunire, ma di rado.

Mi aiutava con gli animali: mungeva Carlotta mentre io

andavo a cercare le uova nella Y10, giocava con Carlo mentre io davo da mangiare ai conigli.

Tutti i giorni, più o meno verso le dieci, andavamo alla croce di Guerrino. Lì, nel freddo di dicembre, ci facevamo scaldare dall'abbraccio del bosco, dai suoi rumori, dai suoi colori. Ricominciai anche a pregare: non fu facile e, soprattutto, fu assolutamente inaspettato.

Ricordavo mezza Ave Maria e mezzo Padre Nostro, ma non era quello il problema. Ciò che m'impediva di pregare era quella parte di me che sosteneva fosse cosa inutile.

Perché pregare Dio solo ora? Adesso, perché mi assaliva la paura di morire? Non lo avevo mai fatto, perché avrebbe dovuto ascoltarmi invece che dirmi *bravo cazzone, finché non ti servivo, non esistevo affatto, adesso tu mi preghi e io, pronto all'istante a esaudire i tuoi desideri, zì-badrone, duddo-giò-ghe-vuoi? Perché dovrei ascoltarti adesso?*

Mi sentivo un po' come quei ragazzi che, prima del compito di matematica, passano dalla chiesa per accendere un cero alla Madonna e poi se ne dimenticano fino al prossimo compito: che senso avrebbe avuto la mia candelina adesso?

La risposta mi arrivò dalla parabola più odiosa e assurda che avessi mai sentito, l'unica che quando andavo a messa mi faceva incazzare ancor più dell'ostinazione di un Cristo che, ogni anno, andava nell'orto degli ulivi a prendere uno scrullo di botte: quella del figliol prodigo.

Odiavo quella storiella, dove il padre faceva festa per un figlio sprecone e puttaniere e poi non degnava di uno sguardo il figlio che si era fatto il culo per adempiere al suo volere, spaccandosi la schiena nei campi.

Non ne capivo il senso, non pretendevo che prendesse a calci in culo il prodigo, ma non capivo perché non poteva dare soddisfazione anche a quello maggiore, non capivo perché uno dovesse diventare puttaniere per entrare nelle grazie di suo padre: era davvero assurdo e illogico. Al posto del più grande, a me sarebbero davvero girati i coglioni.

Andò così. Eravamo seduti, ognuno al suo posto, in rigoroso silenzio, il frate con il rosario tra le mani, io con le mani tra le palle per scaldarmele un po'.

«Non è detto che tu debba pregare solo quando hai toccato il fondo del barile, non è detto che la preghiera sia sinonimo di supplica, come non è detto che la preghiera debba essere solo quella convenzionale.»

«Temo di non seguirti nemmeno stavolta» dissi, tornando dai miei pensieri.

«Nell'immaginazione comune o, ancor meglio, per la comodità dell'uomo, la preghiera è legata a un disagio, a una sofferenza. Siamo talmente orgogliosi e stupidi, che ci pesa abbassarci a dire semplicemente *grazie* e allora lo facciamo solo quando siamo costretti, solo quando non c'è alternativa. *Altissimu, onnipotente bon Signore*, cantava Francesco, *Tue so' le laude, la gloria e l'honore et onne benedictione*. E ancora, *Laudato si', mi Signore, per sora nostra matre Terra, la quale ne sustenta et governa, et produce diversi fructi con coloriti fior et herba*. Mai, nelle sue parole, vi fu supplica per ottenere qualcosa, ma onore e benedizione per ringraziare. Non vuoi supplicare la grazia e il perdono? Ringrazia per ciò che sei! Non vuoi piangere per la tua morte? Poco male. Ringrazia per la tua vita, per ciò che i tuoi trentacinque anni hanno vissuto, per ciò che i tuoi occhi hanno visto, le tue orecchie udito, il tuo cuore amato.»

Pensai subito a Giulia, a nostro figlio. Dovetti concentrarmi per non rimettermi a piangere.

«Non ti ricordi il Padre Nostro? Pazienza, parla con il cuore. Non recitare le preghiere, dille. Di' ciò che senti e, se ogni tanto ti scapperà una parolaccia, non temere, Lui capirà. Ma, soprattutto, pensa che non è mai tardi per chiedere la grazia a un Padre che non aspetta altro che di poterti amare. Ricordati del figliol prodigo.»

«Ecco, appunto, la giusta parabola per non far capire un accidente di come la pensa Gesù Cristo» borbottai da dentro il mio mantello. «Che senso ha una parabola dove vince un mantenuto?»

Rise sonoramente alla mia domanda, poi riprese ad ammaestrarmi: «Vedi Pietro, non potrai mai capire il senso delle parole di Gesù in quella magnifica parabola, se continuerai a immedesimarti nel fratello maggiore, quello che sente di subire un torto. Lui adempie a ogni mansione, senza chiedersi il perché, lo fa e basta, va fatto e lui lo fa. Il perché gli è oscuro, esegue un insegnamento, senza amare l'insegnamento stesso. Anzi, forse è più per paura delle conseguenze del suo non farlo. La parola di Cristo non è un imperativo che prevede punizione, ma, al contrario, è salvezza per chi si redime. Tu, noi, tutti noi, siamo il ragazzo che scappa dal Padre. Spavaldo e coraggioso, diverso dalla massa, arrogante e pieno di te, vai, spendi tutta la tua vita in ciò che ti dà piacere: lavoro, carriera, denaro, macchine e telefonini, meravigliosi vestiti, perché questa è la modernità, questa è la vita vera, il tutto senza Dio. Ricorda ciò che ti dicevo sull'alleanza tradita. Ma poi, d'un tratto, ti trovi a rubare le carrube di bocca ai maiali, in un mare di merda, da solo, con un tumore, senza l'amore di nessuno, in compenso pieno di oggetti costosissimi senza vita, senz'anima. Lì, solo lì, capisci che quelli del Padre non erano ordini, ma amorevoli consigli. Lì, solo lì, capisci che tutto ciò che era fondamentale era già nella casa di tuo Padre e che tutto ciò che ti dava piacere a lungo andare non conta niente. Il tuo attaccamento alle cose è il peso che ti sta tirando a fondo. Il peso del tuo mondo irrinunciabile ti fa affogare in quel mare di merda in cui si rotolano i maiali. Lì, ti accorgi che vorresti tornare indietro. Lì, hai la terribile sensazione che oramai sia troppo tardi, che non si possa più fare, che sei destinato a soffocare. Il miracolo di questa parabola, amico mio, è il messaggio del Padre: in qualunque momento tornerai, qualunque cosa tu abbia fatto, figlio mio, non sarà mai tardi, io ti perdonerò sempre e sempre ti accoglierò a braccia aperte, organizzando per te una grande festa, perché il mio amore per te è eterno». Mi sorrise. «Tu non sei quello perfetto, tu sei quello sfigato.»

Slacciò il suo rosario dal saio e me lo diede tra le mani: «Apri il tuo cuore e lascia che le preghiere vengano da sé».

Per la prima volta non lo accompagnai, rimasi seduto sul tronco tagliato, mentre lui si avviava lungo il sentiero seguito da Carlo.

# 11

Pensai molto a ciò che mi aveva detto frate Walter, aveva tremendamente ragione: mai nella vita avevo pensato di essere io il figlio puttaniere, ma ora più che mai mi sentivo in un mare di merda, ora più che mai sentivo di aver sbagliato.

Accarezzai il rosario, le palline di legno contro i miei palmi. La sensazione di benessere era quella che ti danno gli strumenti che usano le massaggiatrici: piccoli arnesi di legno d'ulivo che ti passano sul corpo, sullo sfondo un cd che riproduce le onde del mare, i gabbiani e, in lontananza, il suono di un'arpa.

Le mie priorità erano divenute ricordi. Avevo abbandonato il mio orologio super nel cesso di un autogrill, la mia macchina era diventata un pollaio, il mio portafoglio era sotto la gamba del tavolo per non farlo dondolare, in realtà non avevo nemmeno guardato se all'interno c'erano ancora soldi. La mia carriera si era trasformata in mangime per le galline e fieno per i conigli, le mie amicizie politicamente importanti si erano trasformate in un cane orbo e una capra scorbutica. Vivevo in una casa che cadeva a pezzi, senza mai chiudere a chiave la porta, quando la prima cosa che avevo acquistato del mio appartamento a Verona erano state delle orrende inferriate, *perché non si sa mai, con tutta la brutta gente che c'è in giro.*

Di tutto questo non sentivo affatto la mancanza, se non di Giulia e di quel figlio che cresceva dentro di lei.

Con il rosario così stretto tra le mani da sentire le palline di legno conficcarsi nella pelle, mi resi conto che ero nel bel mezzo di una crisi di astinenza, un tossico con le convulsioni: dovevo sentirla, adesso.

Ritornai quasi di corsa verso casa ignorando qualunque altra cosa. Dovevo avere la mia dose.

Il cuore mi batteva all'impazzata e lo stomaco si stringeva a ogni respiro, ma avevo deciso: dovevo sentire la sua voce, dovevo parlare con lei.

Solo alla vista della casa, mi fermai a prendere fiato.

Salii in macchina, questa volta voltandomi a vedere se avevo fatto uscire tutte le galline. L'interno era un merdaio, letteralmente. Dovetti sforzarmi di non vomitare per l'odore, ma non avevo tempo di pulire: mi misi al volante, con tutti i finestrini abbassati, e girai la chiave. La batteria non diede cenno di vita. Riprovai, un misero rumore.

«Ti prego, Dio, falla partire. Ti prego. Ti prego...» Stavo pregando, non lo facevo da anni, e stavolta avevo il cuore in mano, malato terminale, e pregavo per rianimare una batteria.

Al quarto tentativo, il vecchio pollaio si mise in moto, diedi un po' di gas per far andare in circolo il suo fluido vitale e scesi fino ad Assisi.

Avevo visto una cabina del telefono appena fuori le mura: ci avevo fatto caso perché, nell'era dei cellulari, dove ognuno ne ha almeno due, mi aveva fatto tanta tenerezza. Un po' come quei vecchi cavallini a dondolo di legno che si trovano ogni tanto nei mercatini dell'antiquariato, mescolati tra mille cianfrusaglie, un po' scrostati. Ogni volta ti ricordano che sul loro dorso, un tempo, in chissà quale luogo, un bambino ha vissuto avventure, epiche battaglie, meravigliose cavalcate nel vento. Ora, vecchi e fiduciosi, aspettano sulla bancarella di un mercatino il ritorno dei loro giovani cavalieri.

Dovetti far passare alcuni minuti prima che il mio cuore si calmasse, lo sentivo battere in gola, sulle tempie, nello stomaco. Con la mano tremolante di un adolescente che chiama per la prima volta la sua innamorata, composi il numero.

Non sapevo cosa avrei detto, ma dovevo iniettarmi di lei, anche se ero consapevole che mi avrebbe portato alla morte, che il mio cuore rischiava il collasso da overdose.

Il numero di cellulare di Giulia era semplice e ripetitivo, difficile da dimenticare, la prendevo sempre in giro perché sembrava un numero erotico. Suonava. Il cuore mi si fermò.

«Pronto?» Era lei, cazzo, era lei. Attorno alla sua voce un sacco di rumore, forse era al supermercato.

«Pronto?» ripeté. «Pronto? Ma chi è?»

Le mie guance erano solcate dalle lacrime, la mia bocca paralizzata, il mio cervello parlava all'impazzata: *Amore sono io, ti amo, non ti ho mai tradita, sono fuggito perché sono malato e non volevo che lo fossi anche tu o il bambino, ma ora mi manchi, non so stare senza di te, ho voglia di te, di abbracciarti, di stringerti, di dirti che ti amo, che ti amo da impazzire.*

La mia bocca non ubbidiva ai comandi: aperta per metà, non lasciava uscire nient'altro che il respiro, mentre le lacrime salate mi bagnavano le labbra secche dal freddo.

«Pronto?» ripeté di nuovo. Poi, dopo un istante di silenzio, disse con voce bassa: «Pietro, sei tu?».

Preso dal panico di essere stato scoperto, riattaccai.

Mi accovacciai sul fondo della cabina e piansi, piansi con tutte le mie forze, piansi tutte le mie lacrime. Quelle di dolore per non aver detto ciò che il mio cuore urlava. Piansi di gioia per quel *Pietro, sei tu?* perché significava che per lei non ero morto, non ero dimenticato nel nulla, non ero ancora passato.

Piansi, piansi la mia stanchezza, piansi la mia solitudine, piansi la mia rabbia, piansi per non aver avuto il coraggio, piansi per quel figliol prodigo che solo ora avevo riconosciuto.

Rientrando a casa quella sera, trovai sulla porta un pacchetto incartato con i fogli di giornale. Non capii chi potesse essere passato di lì, se non quando lo aprii.

Arrotolato nella carta del *Corriere dell'Umbria*, trovai un paio di infradito in pelle. Erano stati realizzati a mano, la suola era fatta con il copertone della ruota di una bicicletta, si vedeva ancora il disegno dello pneumatico, mentre la parte di pelle era finemente lavorata.

Un biglietto diceva: *Tanti anni fa sono stato nelle favelas dell'Amazzonia brasiliana, per un'esperienza di comunità, in un posto chiamato Abaetetuba. Non dimenticherò mai i bambini di quella città, di quella parte di pianeta: la dimostrazione vivente di un Dio meraviglioso, tra le fogne di un mondo rovinato dall'uomo. Ho lasciato loro il mio cuore, in cambio di molte paia di infradito, nella convinzione che mi avrebbero fatto sentire vivo e sempre vicino a quei bambini. Penso che questi ti possano andare bene, indossali sempre e, se senti freddo ai piedi, rendi gloria a Dio che te li ha regalati e che ora ti permette di sentirli vivi. P. Walter.*

Li indossai ancora prima di entrare in casa, aveva ragione: erano perfetti e sentivo decisamente freddo.

Erano trascorsi settantasette giorni dei miei centottantadue, milleottocentoquarantotto ore delle quattromilatrecentosessantotto totali. I sintomi più evidenti della mia malattia erano: vomito, acidità, rigurgito, gonfiore, digestione difficile e, di conseguenza, una notevole e rapida perdita di peso che mi aveva portato a dover aggiungere tre buchi alla cintura, da quel venerdì 27 settembre 2002.

I pantaloni andavano su e giù senza slacciarli. Mi stavano bene sulle gambe, ma poi diventavano un groviglio di pieghe quando arrivavano al bacino. Vedevo chiaramente i solchi sul viso e la pelle sembrava invecchiata almeno di dieci anni.

La mia dieta era oramai solo a base di erbe e formaggio. Non sopportavo la vista della carne e anche questo era uno dei sintomi che avevo letto nelle mie ricerche in internet, anche se nel mio caso non doveva essere tanto la malattia, ma piuttosto il rimorso per aver ucciso F.

Tra me e frate Walter vigeva una sorta di baratto: ogni mattina scambiavo le uova delle mie galline con una palla di verdure cotte, accuratamente avvolte nell'alluminio, o con un pezzetto di formaggio, del quale ignoravo la provenienza.

Il primo impatto con le verdure fu tremendo, erano amarissime. Già non ero mai stato un amante della verdura in generale, ma quelle del frate sembravano erbacce raccolte dai fossi e messe a bollire con carcasse di rana, peli di licantropo e squame di drago. Non gli chiesi mai quale fosse la loro origine, temevo la sua risposta. Il frate mi raccomandò vivamente di mangiarle, perché mi avrebbero aiutato molto; al primo boccone mi chiesi se mi avrebbero aiutato a morire prima o a guarire dal tumore.

Dopo una settimana mi ero abituato a quel gusto orrendo e, oramai, non facevo più caso alla mia dose di foraggio giornaliero. Avevo anche una specie di decotto da bere, in una bottiglia di plastica (ex Fanta) che assomigliava all'acqua avanzata dalla bollitura delle erbe e delle squame di drago, il cui retrogusto era dolciastro, l'odore tremendo.

La nausea era diminuita, anche la febbriciattola non me la sentivo più. Il senso di gonfiore, invece, non mi abbandonava mai.

Passavo ogni giorno almeno due ore alla croce di Guerrino, mi ero abituato a dire tutto il rosario. Avevo dovuto farmi scrivere l'Ave Maria su un foglietto da Walter, perché mi insabbiavo sempre nella seconda parte: arrivavo a *tuo Gesù* e poi non ripartivo mai.

Scoprii ben presto che pregare mi rilassava, pregavo e ascoltavo le voci del bosco: a volte uccelli, a volte il vento, a volte la pungente carezza dell'inverno, a volte il gelo dei miei piedi in quei calzari da cui oramai non mi separavo mai.

Non chiedevo mai di guarire, di essere miracolato, non mi incazzavo nemmeno più per lo stato in cui ero. Non che mi fossi rassegnato a morire, semplicemente ne avevo preso atto, lo sapevo, ma non mi interessava più di tanto. Semplicemente pregavo, semplicemente vivevo.

Vivevo. Avevo dunque smesso definitivamente di sopravvivere alla mia attuale situazione, cercando, invece, di vedere se vi era qualcosa di buono in quanto mi rimaneva da vivere. Insomma, avevo deciso di iniziare a rovistare nell'immondizia del mio presente, invece di morire di fame in ricordo del mio passato.

# 12

Il tempo scorreva, a volte lento, a volte veloce. Era arrivata anche Santa Lucia.

Il 13 dicembre era il giorno più emozionante della mia infanzia. Ricordo che mi catapultavo, eccitato, giù dalle scale, ancora nel mio pigiama con Capitan Harlock sul petto, e, come per magia, appoggiati sul divano del soggiorno, c'erano i regali che la santa aveva spuntato dalla mia letterina: non erano mai tutti quelli che avevo chiesto, ma erano sempre i più importanti.

L'anno in cui vidi la Bmx bianca, con le sfumature rosse e le manopole da cross, mi prese quasi un colpo dalla felicità. Di tutte le mie letterine alla santa con gli occhi sul piatto, quello fu l'anno in assoluto più fruttuoso.

Indossai le scarpe e, ancora in pigiama, mi fiondai fuori nel cortile a pedalare come un pazzo. Dopo le urla di mia madre, due scapaccioni, e una discreta sudata, passai i successivi quindici giorni con febbrone e raffreddore, ma quella cavalcata sulla neve in sella alla mia indomabile Bmx era stata memorabile.

Anche da adulto, ogni anno Santa Lucia era per me il giorno che, più di tutti, mi faceva tornare bambino, un giorno in cui dovevo farmi e fare dei regali, un giorno in cui dovevo e volevo mangiare dei dolci.

Decisi che, per quest'ultima Santa Lucia della mia vita, avrei davvero dato il massimo.

Mi affrettai a sbrigare le faccende quotidiane con galline, conigli e cane, poi mi feci un bel bagno, crogiolandomi nell'acqua bollente per quasi un'ora.

Era di per sé un'operazione complicata, perché il boiler era rotto da circa un mese, per cui dovevo scaldare l'acqua sul fornello e poi versarla nella vasca, il che richiedeva un po' di tempo.

Mi guardai nello specchietto retrovisore adattato nel bagno: i capelli erano lunghi e senza una forma apparente, la barba un vero disastro.

Risolsi il problema capelli con un elastico, improvvisai una coda, ma era davvero corta e reggeva poco. Per la barba cercai di utilizzare ciò che la mamma parrucchiera mi aveva tramandato e sforbiciai un po' qua e un po' là. Il risultato globale non era malaccio. Mi vestii e salii in macchina: per lei oramai non c'era più nulla da fare.

Passai tutta la mattina ad Assisi, nelle strade, davanti alle vetrine. Si respirava già l'aria del Natale, ma io ero di Verona e per me quel giorno era Santa Lucia e basta.

Spesi quasi trecento euro, mi comprai alcuni vestiti nuovi senza badare tanto a forme e colori, assicurandomi soltanto che si adattassero alla mia nuova taglia. Comprai due sacchi di mangime per i conigli, due per le galline, delle carote per Carlotta, un sacchetto di crocchette e una meravigliosa bistecca con l'osso per Carlo.

Fui costretto a fare due viaggi per portare tutta la roba che avevo acquistato in macchina. Tra il primo e il secondo, dovetti sedermi a riposare, perché sentivo gambe e braccia indolenzite.

Al ritorno dal secondo giro, mi infilai in macchina e mi cambiai, indossando i vestiti nuovi. I pantaloni erano un po' lunghi ma almeno mi coprivano i piedi, rigorosamente negli infradito. In realtà, se uno gira con sandali o infradito ad Assisi, che sia estate o inverno, pochi ci fanno caso: più della metà della gente della città li indossa e non sono solo frati o suore.

Così rivestito, ripresi a fare shopping. Adesso era finalmente arrivato il momento di viziarmi un po'.

Assisi è una piccola cittadina, fatta di negozietti di souvenir di Francesco e Chiara, ma non solo. Molte di queste botteghe, con soffitto a volta, sono meravigliose pasticcerie, le cui vetrine sono un tripudio di dolci, meringhe e giganteschi blocchi di cioccolato con enormi nocciole. Comprai dolci per cinquantadue euro, una vera montagna di calorie, ma mancava qualcosa al mio tradizionale piatto di Santa Lucia: quello che la mattina del 13 trovavo sul tavolo aveva i *puotti*, biscotti di pasta frolla a forma di bambino tipici della tradizione veneta che certo non avrei trovato in Umbria, ma anche mandarini e arachidi. Per questo passai anche al negozio di frutta e verdura, dove inaspettatamente trovai anche le giuggiole, caro ricordo d'infanzia.

Non sapevo se sarei riuscito a mangiare tutta quella roba, il mio stomaco si rivoltava solo a sentirne il profumo e la mia acidità era diventata orrenda saliva. Ma era

Santa Lucia e io dovevo avere il mio meraviglioso piatto.

Comprai anche tre bottiglie di vino, due di Montepulciano, e la terza che quasi mi commosse: era Valpolicella Superiore di una cantina sulle colline veronesi.

Ora mi mancava solo il regalo per frate Walter. Visto che mi aveva donato il suo rosario, pensai di contraccambiare regalandogliene uno simile e per questo puntai al negozio ufficiale della squadra francescana, ed entrai nella basilica di San Francesco.

C'ero stato con Giulia, ricordavo che c'era un negozio gestito dai frati, le stesse cose di fuori, allo stesso prezzo, ma con una coscienza diversa. Forse.

Non c'era modo di accedere al negozio se non passando dalla basilica inferiore. La scala che portava a quella superiore sbucava in uno spazio interno al chiostro del convento e lì c'era il negozio di souvenir. Furbi i fraticelli, non potevi non vederlo e soprattutto non potevi non essere curioso di entrarvi.

Una volta in basilica, non riuscii ad andare direttamente dove dovevo. La scaletta che portava sotto, alla cripta del santo, mi chiamava e, visto che tanto avevo tempo, risposi al suo richiamo.

Scesi le scale, gustando il tepore che contrastava con il freddo pungente dell'esterno. Sentii subito le guance infiammarsi e la testa che mi prudeva, come mi succedeva sempre quando ero accaldato, oppure quando mangiavo il salamino piccante sulla pizza.

Varcai il cancello della cripta e mi sedetti sul primo banco davanti alla tomba del santo.

La luce era soffusa, la gente non era molta. Indaffarati con gli acquisti di Natale, in pochi erano lì a pregare.

La tomba di Francesco è molto diversa da una tomba tradizionale, è sospesa a circa due metri dal pavimento della cripta, è contenuta all'interno di quello che sembra essere un pilastro dell'intera mastodontica struttura. Le spoglie del santo sono in un sarcofago di pietra molto semplice. Alla base, un piccolo altare. La gente gira intorno al pilastro in un percorso obbligato e poi esce, in rigoroso silenzio.

Per quanto ricordavo, la cripta era nata dopo la basilica, era stata scavata per permettere ai pellegrini di vedere Francesco che, proprio per questo motivo, non era per terra, ma sospeso a mezz'aria. Nella sua semplicità, il sarcofago di pietra obbligava alla contemplazione.

Seduto su un banco di legno, con l'imbecillità dei soliti incisa con la chiave, mi sentii a un tratto stanchissimo. Ma non era la giornata di shopping. Nell'improvviso tepore, era qualcosa di diverso, come se le mie difese immunitarie mi avessero abbandonato, calando su di me una fragilità che da tempo non sentivo, una nudità.

Mi accorsi che la mia anima stava parlando col santo, e in silenzio iniziai ad ascoltarmi: «... in realtà non so nemmeno io perché sono seduto qui, Francesco. Non ci conosciamo molto, ma uno dei tuoi dipendenti mi ha parlato molto bene di te e, se tutti vengono qui prima o poi, immagino che le voci sul tuo conto non siano infondate. So che hai abbandonato tutto per scelta e sei diventato santo e felice. Be', io sono stato costretto a mollare tutto e mi sento davvero di merda. Sono successe più cose in questi ultimi tre mesi che in tutta la mia vita precedente. Non te le racconto perché immagino che su in Paradiso abbiate Sky e, per ogni canale, il *Truman Show* della vita di ognuno quaggiù. Presumo che il mio sia al canale 270902. Se devo essere sincero, non ricordo un cazzo di tutto ciò che ha preceduto il 27 settembre. Ah, perdonami se uso un linguaggio colorito, ma la parola *cazzo* mi esce anche quando penso. Mi sento di merda, Francy, è come se questa malattia avesse resettato il mio cervello, lasciandomi solo i file di Giulia, per altro quelli che mi fanno più male. Devo essere sincero, caro Francesco, ho imprecato, ho bestemmiato, me la sono presa con il tuo Superiore e con tutti i subalterni, Walter *il meraviglioso* compreso. Tienitelo per te, sai, non vorrei che ve la foste presa, non c'era nulla di personale, si intende, ma ero davvero incazzato con il mondo. La cosa che mi fa più ridere è che questa vita in cui mi sono trovato catapultato, sradicato da quella precedente, comincia persino a piacermi. Sia ben chiaro, mi manca da morire la mia famiglia, mi manca Giulia, il mio bambino, ma tutto il resto mi va bene. Anche così. Non sono qui a chiederti un miracolo, sai che non amo supplicare, ma se avessi anch'io diritto a un desiderio, be', uno ce l'avrei: una volta morto, vorrei che Giulia sapesse la verità, non so come né quando, ma vorrei che non mi ricordasse come un traditore bastardo, uno stronzo, sì, ma non un traditore. Dopo di che mi accantoni pure nell'album dei ricordi, che si risposi e che sia felice, ma, se fosse possibile, un secondo prima, faglielo sapere, okay? Oh, sempre se non è troppo per te, insomma non vorrei approfittare, okay? Ecco, tutto qui. Non è poi tantissimo, no? Grazie e a buon rendere».

Quest'ultima frase mi strappò un sorriso: *a buon rendere*, quando? Magari gli avrei offerto il caffè, incrociandolo nei corridoi del Purgatorio? Certamente lui sarebbe stato di passaggio per i piani sopra, io di corsa per i piani sotto, ma magari ci saremmo fermati alla macchinetta del caffè, dove, con la chiavetta che mi avrebbe dato il mio santo eponimo all'ingresso, gli avrei offerto un decaffeinato macchiato in bicchiere di plastica.

Per non sbagliare dissi un Padre Nostro quasi fino in fondo e dieci Ave Maria, leggendole dal foglietto di frate Walter.

Salutai Francesco, scusandomi dello sfogo e uscii dalla cripta verso le 18.30. Era facile sapere l'ora perché stavano chiudendo la chiesa, la giornata era volata via.

Al piano superiore, purtroppo il negozio era già chiuso. Un po' deluso, mi avviai verso la macchina.

Le vie di Assisi ricordano un po' quelle di un piccolo presepe, addobbate ancor di più per il Natale. Vestito con abiti nuovi e con le borse dei dolci tra le mani riuscivo a mimetizzarmi tra la gente. Riuscivo perfino a osservare gli altri, senza che fossero loro per primi a guardare me. Fretta, tutti avevano fretta, tutti avevano qualcosa di urgente e immediato che non poteva aspettare. Tranne me. Mi sentii quasi fortunato.

Mi era sempre piaciuto osservare la gente. Giulia diceva che ero una specie di guardone, ma in realtà per me non faceva differenza tra maschio o femmina. Oddio, alle donne dedicavo più tempo e più passione, ma non era fondamentale.

Osservavo come gli esseri umani si muovevano, mi piaceva immaginare per loro un nome, una storia: un uomo con i baffi non poteva che chiamarsi Franco nella mia fantasia, o una donna frizzante e minuta non poteva che essere Alessia. Maria era una donna con bambino e passeggino, banale, ma assolutamente efficace per la mamma perfetta.

Troppo spesso catturavo in loro lampi di infelicità e insoddisfazione e allora, nella mia mente, disegnavo mogli insoddisfatte, mariti infelici, amori finiti. Ma non solo, anche amori appena iniziati, brividi ed emozioni: a volte era una ragazza al tavolino del bar, a volte un signore in fila alla posta, chiunque e in qualunque posto.

I negozi chiudevano alle sette e mezza, entrai in uno lungo e stretto che vendeva ricordini: c'erano decine di rosari con il tau, di tutti i tipi, di tutte le forme e colori. Presi quello che più assomigliava al mio, assicurandomi che non fosse però lo stesso. Pagai e feci per andare quando qualcosa in quel mare di oggetti catturò la mia attenzione.

Era un body da neonato, azzurro, immacolato e soffice, l'etichetta segnava zero mesi. Sulla pancia aveva una piccola immagine stilizzata di san Francesco e santa Chiara e, ricamata in blu, la frase *il mio papà è stato ad Assisi*.

Dovetti trattenermi per non scoppiare a piangere davanti alla cassiera, il cui nome immaginario era Rosanna.

«Questo quanto viene?» chiesi alla forse-Rosanna.

«Quindici euro, se vuole c'è anche la versione in rosa per le bambine» rispose.

Lo presi tra le mani, come se contenesse già mio figlio e, con la paura tutta maschile di maneggiare un neonato, lo appoggiai delicatamente sulla cassa.

«Lo prendo» dissi «e prendo anche questa» indicando una collanina con il tau di cristallo dai mille riflessi.

«Quella costa un po' di più» mi disse la signora Rosanna «sa, è in cristallo Swarovski.»

Non la sentii nemmeno, pagai il conto e uscii.

Quella sera, sdraiato sul letto, osservai per quasi un'ora il tau in Swarovski, cercando di immaginarlo al collo di Giulia: la luce del camino rimbalzava sulle sue mille sfaccettature, creando sulle pareti della cucina dei giochi di luce incredibili. Gocce di colore ondeggiavano tutto intorno a me, sospese a mezz'aria, si fermavano qua e là, per poi sfrecciare via, ogni volta che con le dita facevo roteare il ciondolo. Riuscii persino a rianimare Carlo dal suo letargo, che prese a correre affannato e agitato per casa, sbattendo dappertutto nel vano tentativo di prendere una di quelle gocce di cristallo. Mi sentii un po' sadico, ma risi davvero tanto.

Mi addormentai con quel soffice body tra le mani: per la prima volta, in tutta la mia vita, attuale e precedente, presi coscienza che stavo per diventare padre. Accarezzai dolcemente il contenitore di mio figlio, come se già l'avesse indossato, lo annusai come se potessi sentire l'odore tipico di un neonato, quello di latte e, per un momento, fui sicuro di sentirlo davvero.

La mattina seguente, feci un piccolo pacchettino con il ciondolo Swarovski e con il body. Non avevo che carta di giornale, ma andava bene lo stesso. Sopra scrissi: *Per Giulia e per il nostro bambino. Buona Santa Lucia. Pietro.* Aggiunsi l'indirizzo di casa e il numero di cellulare di Giulia, poi, presa carta e penna, iniziai a raccontare.

*Santa Lucia, Assisi 2002*

*Ciao Giulia,*

*se stai leggendo questa mia lettera è perché frate Walter o il venditore incravattato di case hanno trovato il mio corpo. Io spero sia stato frate Walter. In realtà, il venditore mi sta davvero sul cazzo, non gli dare tanta confidenza, è davvero un pirla.*

*Ti scrivo solo ora che non ci sono più per mantenere fede alla mia parola: ti ho sempre detto che, se mai mi fossi ammalato di qualcosa di irreparabile, non avrei permesso che la malattia consumasse anche te e, soprattutto, il bambino che ora è dentro di te (nella mia fantasia è maschio, ma se fosse anche una principessa di rosa vestita, andrebbe bene lo stesso, assomiglierebbe alla mamma). Il 27 settembre dello scorso anno (se adesso siamo nel 2003, adesso intendo il momento in cui stai leggendo) mi hanno diagnosticato un tumore al fegato, dandomi solo sei mesi di vita. Cosa potevo fare, amore? Non potevo dirtelo, Giulia, troppo pericoloso per te e per il bambino, come pericoloso sarebbe stato starmi vicino durante la chemioterapia. Che cazzo di vita avresti fatto nei sei mesi più delicati della tua esistenza e della sua?*

*E poi, non avrei sopportato di perderti un po' alla volta, amore mio, l'unica soluzione era uno strappo. Non ti ho mai tradita, Giulia, mai stato con un'altra dal momento in cui ho scoperto di amarti, da quell'anello che ti ho regalato davanti a tutti in una pasticceria. Anzi, ho sempre rimpianto il tempo perso. Non mi avresti lasciato andare e l'unico modo per poter scappare era mentire. Non ho voluto affrontare le terapie, non volevo che nessuno facesse nulla sul mio corpo, più di quanto la malattia stesse già facendo. Ora non sono più qui, e si vede che doveva andare così, ma ti assicuro che sto bene. Abbi cura di te. Non volermene, ti prego, l'ho fatto per il tuo bene e per quello del nostro bambino.*

*So di essere l'ultimo ad avere il diritto di darti consigli, ma ti prego, Giulia, impegnati per essere sempre felice, non lasciare tuo figlio senza un padre, non restare bella e meravigliosa come sei, senza un uomo. Ma ti supplico, fa che lui ti meriti, impara quanto vali e non sottovalutarti mai. Sembro mio padre, lo so, ma sono gli unici fogli che ho per comunicare con te dal Purgatorio (speriamo) e avrei un milione di cose da dirti. Vivi solo ciò che vuoi vivere, vivi ciò che è bello per te, per voi. Non ciò che pensi di* dover *vivere, perché ho finalmente capito che è questo che fa ammalare.*

*Ho imparato alcune cose in questa topaia in cui mi trovo: la prima è che, come contadino, faccio davvero schifo; la seconda è che i santi sono davvero un'infinità, così come i santini; la terza è che sono stato davvero un coglione a credere che avrei reso migliore la mia vita comprandomela, e poi che la vita è troppo corta e meravigliosa per essere eseguita. Infine la quarta, quella a cui tengo di più, è che sono stato l'uomo più fortunato del mondo ad aver avuto la possibilità di condividere i miei giorni con una creatura meravigliosa come te e sarà una delle prime cose che dirò al Grande Capo, se avrò la possibilità di conferire con Lui. Sappi che ti osserverò sempre dal posto in cui sono ora e mi arrabbierò molto se ti vedrò triste. Io, di mio, cercherò di avere qualche dritta da san Pietro per i numeri del Superenalotto e te li allungherò in sogno, okay?*

*So che stai sorridendo, amore mio, e anche se sei ancora davvero incazzata, sei bellissima, lo sei sempre stata, lo sarai sempre. Di' a mio figlio che sarei stato un buon padre, se solo ne avessi avuto il tempo, sicuramente gli avrei insegnato a calciare le punizioni all'incrocio come Adaílton, e tutti i cori dell'Hellas. Digli che sarei stato fiero di lui come lui di me.*

*Ti amo, ti ho sempre amata e ti amerò sempre. Non odiarmi ti prego e, se puoi, non dimenticarmi.*

*Tuo, Pietro*

# 13

Natale si avvicinava a grandi falcate e anche frate Walter lo sentiva. Immaginai che per lui fosse come la festa aziendale, dove il capo, in una cena con tutti i dipendenti in alta uniforme, ringrazia per il percorso della ditta sul mercato globale, affiggendo medaglie al petto dei più meritevoli, o qualcosa di simile, poi applauso, panettone e spumante per tutti, una di quelle cene dove qualcuno mette sempre le corna a qualcun altro con qualche collega un po' brilla.

Come oramai d'abitudine, eravamo insieme. Seduti ognuno al suo posto nella radura della croce, ci guardavamo nel bosco vestito d'inverno.

«Sai perché festeggiamo il Natale, Pietro?»

«Immagino che sia per il compleanno con duemila e zero zero due candeline del capo!»

Rise allegramente e poi riprese: «Sì, in parte è così. Vedi, Natale, ma ancor più Pasqua, sono i due momenti di maggior intensità della nostra fede cristiana. Non si dovrebbe dire, ma io preferisco la Pasqua. Il Natale è il messaggio di Cristo che ogni anno rinasce in mezzo a noi, per dirci *non temete, nasco ogni anno per far rinascere anche voi, voi che ancora non siete riusciti a capire l'essenza della nostra alleanza, voi che vi sentite morti in vita, rinascete con me*. Ma il vero miracolo di Cristo, amico mio, è la sua resurrezione, la Pasqua. Lì, ancor di più, Dio dice a gran voce *non temete*. Lì, ancor di più, dice a tutti noi *qualunque sia il vostro peccato, qualunque sia la pozza dove avete condiviso il cibo con i maiali, questa non sarà mai la vostra morte, perché ogni giorno è Pasqua, ogni giorno è buono per risorgere, ogni giorno è buono per ricominciare a vivere in Cristo, qualunque cosa abbiate fatto, non c'è morte per chi vuole rinascere in Cristo, ma solo nuova vita*, capisci?».

«No!»

A un tratto il frate si fece terribilmente serio, il suo tono cambiò: «Non è detto che il tuo male ti uccida Pietro, può essere che tu stia uccidendo il tuo male, capisci?».

«No!»

Rimanemmo seduti in silenzio per una buona mezz'ora, tra noi solo il vento. Poi lui riprese: «La vedi la croce di Guerrino?».

Annuii.

«Bene, immagina per un attimo che quella croce sia tu, il tuo corpo. Immagina di aprire le braccia e di essere in piedi: sei tu.»

«Bella immagine, non c'è che dire!» ironizzai, senza capire.

«Per i popoli celti, la croce era il simbolo del connubio tra la dimensione divina e quella umana: il palo verticale è tutto ciò che da Dio va all'uomo, dall'alto al basso, mentre quello orizzontale è tutto ciò che è allo stesso livello dell'uomo, quindi umano. Il cerchio è il cerchio della vita, il suo equilibrio nell'armonia con il tutto e, soprattutto, il legame indissolubile tra le due dimensioni. Ora, immagina per un attimo che questo avvenga anche nell'uomo. Immagina che in noi agiscano forze verticali e forze orizzontali e, soprattutto, immagina te stesso come un grosso imbuto con un filtro all'estremità.»

L'immagine di me fatto come un imbuto non mi piaceva affatto, ma cercai di non controbattere e mi concentrai.

«L'uomo assorbe il cibo, lo elabora e lo trasforma in energia, espellendo le scorie che non servono al suo organismo. Tutto questo in maniera orizzontale, e cioè portando alla bocca tramite le braccia. Ci sei?»

Annuii di nuovo, immaginando il movimento.

«Tutto ciò che non viene digerito causa ingorghi, nausea, mal di stomaco, gastrite, indigestione, stitichezza, effetti collaterali di vario genere: disarmonie e malattie dell'asse orizzontale, okay? Ora, immagina questo procedimento sull'asse verticale: immagina di assorbire con la bocca dello spirito. Il tuo corpo, però, da troppo tempo non si ciba di spirito e non lo riconosce. Tuttavia tu senti una fame a cui non sai dare risposta e non puoi non nutrire l'asse verticale, perché inscindibile da quello orizzontale. Che cosa farai per placare questa fame? Che cosa potrà mai fare il tuo corpo?»

«McDonald's?» banalizzai, cercando di alleggerire la tensione, ma lui non colse e continuò.

«Per soddisfare la fame verticale, il tuo corpo fa ciò che è più logico e si nutre un po' a caso, ingerendo qualcos'altro e cioè ciò che ha sostituito la tua spiritualità: la frenesia della quotidianità, il bisogno terreno di emergere, di elevarsi. Tutto questo spesso però è corredato di stress, preoccupazioni, tensioni, insoddisfazioni, dolori, delusioni, lotte e conflitti, contorno all'immagine vera o falsa che hai costruito di te stesso e che, purtroppo, ha un prezzo. Che effetti immagini possano avere su di te?»

«Non saprei» risposi, per affrettare la sua spiegazione.

«Male allo stomaco, fegato ingrossato, acidità, mal di testa, tachicardia e poi infarti, ictus e, via via sempre peggio: disarmonie e malattie dell'asse verticale.»

«Ma non sono gli stessi sintomi che dicevi per l'asse orizzontale?»

«Appunto!»

«Dove vuoi arrivare?» cominciavo ad agitarmi.

«Sai cos'è la visione olistica?»

«No!» mentii. In realtà ne avevo sentito parlare da alcune amiche esaltate di Giulia, quelle che sniffavano incensi e vivevano di yoga e yogurt, ma avevo sempre evitato di addentrarmi in qualcosa che mi sapeva più di santoni che di medicina e scienza. Sentirne parlare da un uomo di Dio mi lasciò ancora più perplesso, ma lo lasciai continuare.

«L'olistica tiene conto dello stato psicologico di un individuo oltre a quello fisiologico, delle sue condizioni sociali e ambientali cercando di capire cosa potrebbe favorire l'insorgere di malattie, partendo da un principio molto chiaro: l'uomo va guardato e capito nella sua totalità. Per tornare al nostro esempio, sia nel suo asse verticale sia in quello orizzontale. Questa disciplina cerca di rilevare e comprendere gli effetti negativi che la mente può produrre sul corpo. Anche nella medicina tradizionale, i cosiddetti disturbi psicosomatici sono malattie vere e proprie, che comportano danni a livello organico e sono causate o aggravate da fattori emozionali. Ma qui c'è uno strappo: attualmente si ritiene che solo alcune malattie siano psicosomatiche e altre no. Perché? Perché, se l'organismo è sempre lo stesso e la dinamica di entrata e uscita di qualunque cosa è sempre la stessa, alcune malattie sarebbero psicosomatiche e altre no? Perché ammettere che la mente possa influire sul corpo solo in parte, e non nella sua totalità? Insomma perché, per esempio, la psoriasi è definita malattia psicosomatica e un tumore non potrebbe esserlo?»

Cominciavo già a perdermi, mentre uno stato di tensione e preoccupazione mi saliva dentro.

«Stai cercando di dirmi che il mio tumore al fegato me lo sono fatto venire da solo?»

«Secondo alcuni il fegato rappresenterebbe il bisogno di realizzare noi stessi, i nostri sogni. Desideri che, se rimangono irrealizzati, ci privano di energia. I problemi al fegato generalmente si manifestano attraverso la stanchezza, forse figlia della frustrazione, della sensazione di fallimento, dei continui tentativi o della nostra remissività.»

Non stavo capendo niente di quello che mi diceva, ma non riuscivo a ribellarmi, la sua voce mi stava conducendo e io, inerme, lo seguivo.

«Il fegato è anche un organo sensibile all'immagine di noi stessi o all'immagine che di noi diamo agli altri e a tutte le tensioni e gli sforzi che siamo costretti a vivere per mantenere questa immagine, spesso ascoltando più il giudizio degli altri che il nostro io interiore.»

Mi stavo perdendo in quel buio, ma fortunatamente le sue parole mi tenevano per mano.

«Il fegato rappresenterebbe anche il collegamento con il tuo spirito, il tuo io interiore o, se ci credi, con Qualcuno che sta sopra di noi. È collegato a quella dimensione verticale che, se nutrita in maniera scorretta, per forza di cose s'intossicherà.»

Ero frastornato, la testa mi girava, mi sentivo agitato ed eccitato allo stesso tempo.

«Dove vuoi portarmi Walter?» chiesi, quasi allarmato dalla risposta che avrei avuto, ma con il ringhio di un cane impaurito e ferito.

«Da nessuna parte amico mio. Voglio solo che tu rifletta su questa opportunità. Su questa tua opportunità.»

Continuavo a non capire: «Vuoi dirmi che un tumore come il mio in fondo è positivo? Che sta solo cercando di riportarmi alla mia spiritualità? Che morirò di cancro perché non ho detto le preghierine? Perché non ho dato retta ai miei stupidi sogni infantili?».

«No, non lo è Pietro, non è positivo per niente! Purtroppo fa soffrire te e tuoi cari, ma il tumore è la conseguenza di un trauma, un trauma che può venire dall'asse orizzontale, ma anche da quello verticale. È la spia che si è accesa per indicarti che qualcosa nella tua vita non va. Un segnale del tuo corpo che sta cercando di comunicare con te. È innegabile che un mondo avvelenato come il nostro causi malattie alle quali non possiamo opporre nulla, ma non dobbiamo darlo per scontato e certo. L'origine potrebbe essere un'altra e quindi un'altra la cura. Il punto è trovare l'origine della malattia per capirne il messaggio. Abbiamo cercato in orizzontale e abbiamo fatto scoperte eccezionali, tante altre ne faremo, ma non abbiamo mai cercato sull'asse verticale, anzi, abbiamo sempre preferito negarne l'esistenza. Il trauma orizzontale è oramai chiaro a tutti: duemila anni d'inquinamento, cattiva nutrizione, mancanza di rispetto per noi stessi, per la natura, per l'acqua, per l'aria, per il genere umano, polveri sottili, centrali nucleari, plastica e rifiuti che fingiamo di riciclare e che poi iniettiamo nella nostra vita sottoforma di sostentamento vitale. Ma quello di cui non vogliamo nemmeno sentir parlare è il trauma verticale, quello che ignoriamo totalmente e che invece potrebbe darci qualche nuova risposta, quello che si crea quando non sentiamo l'urlo della nostra anima, quando stiamo nutrendo il nostro spirito con il cibo avvelenato delle convenzioni, quando abbandoniamo i nostri talenti per rincorrere ciò che tutti si aspettano da noi, quando smettiamo di ascoltarci per farci guidare da altri, o peggio ancora, da altro.»

Ci fu un attimo di silenzio. Riprendemmo entrambi fiato.

«Da quanto tempo non ti ascoltavi, Pietro? Da quanto tempo avvelenavi il tuo fegato, mascherandoti da ciò che non sei? Da quanto tempo ti eri abituato a vestire panni non tuoi? Da quanto tempo cercavi di convincerti che il tuo posto era lì, sulla scrivania di una multinazionale? Da quanto tempo mangi la stessa pizza solo per paura di cambiarla con una di cui ignori il gusto? Da quanto tempo non avevi chiaro che non sono obblighi, ma talenti quelli che hai rifiutato? Da quanto tempo hai creduto di essere il fratello maggiore nel campo, mentre eri nella merda fino al collo, attorniato da maiali?»

Ero sbigottito, non sentivo più nulla, né il freddo, né l'addome. Tutto attorno alla sua bocca il viso di frate Walter si era offuscato, vedevo solo le sue labbra muoversi, sentivo solo le sue parole penetrarmi come una lama incandescente nel burro.

«Perché sei dovuto finire qui, in un posto come questo, a un passo dalla morte, solo e senza nulla di importante che non fosse la tua stessa vita, prima di darti finalmente ascolto? Perché sei dovuto finire qui prima di trovare il coraggio di provare un'altra pizza? Ricordi la voce di Dio ad Abramo, *vai a te stesso!*»

«Non capisco, frate Walter, davvero non capisco.»

«Non vuoi capire, Pietro, perché non vuoi ricordare, non vuoi ricordare la tua natura di figlio. Piangi il tuo male cercando la causa, la cura, in una corsa contro il tempo, ma cerchi fuori di te e solo guardando in orizzontale tutto ciò che è all'altezza del tuo sguardo. Io non ho la cura, purtroppo, magari l'avessi, ma so che non è imprecando contro Dio che guarirai, né piangendo sulla tua sfortuna. Ripercorri il tuo vissuto, Pietro, e forse troverai l'origine del tuo male. Ma stavolta non cercare fuori, ma dentro e non da destra a sinistra, ma dall'alto verso il basso.»

Mi lasciò lì, seduto davanti alla croce. Se ne andò com'era arrivato. In silenzio.

# 14

Molte cose fermentarono nella mia testa in quelle notti, tutto ciò che avevo sentito negli ottantasei giorni passati, nelle circa duemilasessantaquattro ore trascorse, stava delineando un profilo inquietante di ciò che mi era successo: se il frate aveva ragione, ero il figlio senza colpe o, peggio ancora, colpevole ma senza premeditazione, di una malattia genetica allo spirito, derivante da duemila anni di incapacità umana di ascoltarsi dentro, di accettarsi come figli di Dio, di vederlo non come un padre padrone, ma come un compagno leale e sincero, pronto a morire per noi sulla croce che è, e sarà sempre, l'unica chiave di lettura per la nostra salvezza.

Per duemila anni, i miei avi prima, e io adesso, avevamo ignorato la nostra natura, modificandola al punto tale da divenire sordi alla voce del nostro spirito, voce che non era nient'altro che Dio stesso nell'unica dimora plausibile, il nostro corpo e la nostra anima.

Per duemila anni, avevamo mangiato con la bocca dell'ego, nutrendo il nostro corpo nella sola direzione orizzontale, avvelenandoci, distruggendoci, uccidendoci per diventare ciò che non eravamo, pur di non accettare di essere stati generati da Dio. E io stavo portando avanti la tradizione nella maniera peggiore.

Ero il figlio malato di genitori che si erano iniettati il veleno direttamente nelle vene, il tutto per l'arroganza di poter dire *faccio di me ciò che voglio.*

Se non fossi stato malato, avrei avvelenato mio figlio nella stessa identica maniera in cui ero stato intossicato io.

Cazzo.

Mi sentivo davvero come Jim Carrey in *The Truman Show*: cosa ne era stato del mio mondo, di tutte le mie certezze?

Cosa ne era stato della mia vita?

Perché nessuno aveva tentato di aprirmi gli occhi prima che fosse troppo tardi?

Perché nessuno aveva svegliato il genere umano da questa deviazione, che ci stava portando fuori strada?

Perché Dio rimaneva a guardare, se noi ci stavamo autodistruggendo?

Cos'aveva fatto la Chiesa, mentre io mi avvelenavo di sicurezze fasulle?

Perché dovevo morire senza colpa?

Perché tanta gente era morta per colpa di un tumore, soffrendo le pene dell'inferno, senza capire il perché, se alla base di esso non c'era null'altro che l'incapacità di ascoltarsi e ascoltarlo?

Cazzo.

La croce, quell'oggetto che fin dalla mia infanzia mi era sempre stato dinnanzi, era l'unica chiave, l'unica risposta a ciò che fin lì mi era accaduto, e io l'avevo persino tolta dallo specchietto retrovisore della mia station wagon perché mi infastidiva vederla dondolare sulle curve, poi, per scaramanzia, l'avevo messa nel cassetto portaoggetti del cruscotto, tanto, se mi poteva proteggere, avrebbe funzionato lo stesso.

Cazzo.

Le mie notti passarono in trepida attesa di un nuovo giorno. Avevo bisogno di sapere di più, di capire di più, di ascoltare di più, di nutrirmi ascoltando, ma il frate non ne parlò più.

Passammo le giornate seguenti in silenzio. Solo in ascolto: dai rumori dei miei animali ai rumori di quel luogo che mi ospitava.

Arrivò ben presto il Natale: «Buon Natale, Pietro».

«Buon Natale anche a te, Walter.»

«Oggi più che mai sei risorto a vita nuova, amico mio, oggi più che mai sei figlio di Dio, parte integrante della sua stessa essenza.»

Non resistetti alla tentazione di interrogarlo: «Non capisco, perché mi hai ammaestrato per tutto questo tempo, frate Walter, se il mio destino è quello di morire tra pochi giorni, che senso ha capire solo ora che oramai è tardi? Perché hai voluto mettermi davanti agli occhi questa allucinante verità? Perché non mi hai lasciato morire, imprecando contro il mio male, la mia sfortuna? Perché non mi hai lasciato nelle mie false certezze, dove nonostante tutto mi sentivo al sicuro?».

Lui mi abbracciò, poi mi disse: «Vieni, andiamo alla croce. Passeranno millenni prima che l'uomo ritrovi la sua vera identità, millenni prima che ricerchi cure sull'asse verticale, millenni prima che si accorga di essere l'invitato d'onore non a un banchetto nuziale con posate dorate, ma in una pozza di letame a litigarsi le carrube con i maiali. Ti ho detto questa verità, perché *è* la verità. Com'è la verità che il bel Pastore non ha fretta, tra mille, duemila, tremila anni, quando torneremo a lui, ci accoglierà sempre come il Padre buono».

«*Buon* Pastore, frate Walter.»

«*Bel* pastore, Pietro, perché non v'è nulla di più bello di ciò di cui ci si innamora: tu non ti sei innamorato della bontà di Giulia, ma della sua infinita bellezza, poi della sua bontà. Se vuoi ri-innamorarti di Dio, cerca la sua bellezza, prima della sua bontà. Quella ti farà battere il cuore all'impazzata, quella renderà rosse le tue guance alla sua presenza, poi ti innamorerai di tutto il resto, della sua bontà, della sua magnificenza, della sua gloria. Ma, prima di tutto, della sua bellezza. Cercala nella natura, in ogni cosa che nasce e fiorisce, in ogni cosa che vive, tu ricerca la bellezza, nella bellezza tu lo riconoscerai.»

Finalmente avevo capito, ma mi rendevo anche conto, con amarezza, che non avevo più tempo per sfruttare quella consapevolezza nuova.

«Non pensare di non avere più tempo» continuò lui come se mi avesse letto il mio pensiero «tu fallo oggi, fallo ora, finché c'è vita in te, non pensare né al futuro, né al passato, solo al tuo *oggi*, perché è nell'oggi che stai vivendo. Non c'è giusto o sbagliato in ciò che hai vissuto, né vincitori o vinti, colpevoli o assolti, è così e basta, accetta e perdona per poter vivere l'oggi.»

«Perdonare chi?»

«Te stesso in primo luogo, perdonati e chiedi perdono a Dio per tutto ciò che non avevi capito, per tutto ciò che hai sbagliato, perdono per tutto ciò che non ti sei mai perdonato. E poi perdona tutti: il genere umano di cui fai parte, i tuoi genitori, chi ti ha ammaestrato, chi ti ha tenuto ignorante, chi ti voleva libero e chi ti voleva solo dominare, perdona me.»

«Tu Walter, o tu Chiesa?»

«Entrambi, amico mio. Anche la Chiesa, che è un po' santa e un po' prostituta, ma che non si può non amare, come non si può non amare la propria famiglia, una famiglia che sbaglia, certo, ma che cerchiamo di aiutare sempre, da dentro, non abbandonandola o additandola.»

Mi sentii sopraffatto dalla tristezza. «Perché moriamo?»

«Noi non moriamo, amico mio, passiamo oltre!»

«Perché devo morire ora? Perché devo passare oltre ora, ora che inizio a capire, ora che ho voglia di capire?»

«Non ho risposte a questa domanda, amico mio. Ti posso solo dire che devi vivere ora, senza pensare che morirai domani, altrimenti sei già morto ieri. Non temere la morte, ma, come Francesco, ringraziala perché forse viene a dirti che il Padre ha bisogno di te al suo fianco, forse vuole onorarsi della tua presenza, perché la morte non è la fine, ma una porta verso il banchetto con le posate dorate.»

«Non voglio morire ora Walter, ho paura.»

«È normale che tu abbia paura, Pietro, ma non morirai oggi e allora perché preoccupartene?» Mi prese sotto braccio: «Accompagnami alla tua casa, ho voglia di un buon caffè caldo, temo di sentire la vecchiaia».

«Non te l'ho mai chiesto, quanti anni hai?»

«Sono nato nel 1942, caro mio.»

Aveva l'età di mio padre e sembrava più giovane di me.

Cazzo.

Passeggiammo in silenzio, preceduti da Carlo e da tutta la mia invidia, non tanto per la sua età ma per la serenità che traboccava da lui.

Ero inquieto e, soprattutto, ero terrorizzato all'idea di morire.

Ora che non avevo più nulla, neppure la mia vecchia certezza del perché stavo morendo, mi sentivo ancora più preso in giro dalla sorte. Avevo allontanato da me l'unica verità che possedevo, l'unica terapia possibile: l'amore.

# 15

I giorni volavano e io non riuscii più a riprendere la discussione con il frate. Ogni volta che ci provavo, lui mi zittiva: «Non cercare domande alle tue risposte, non potresti comunque convincerti del contrario, accetta ciò che è, perdona ciò che è stato, vivi oggi».

Ma un giorno tentai con un altro argomento: «C'ho pensato, ma davvero non capisco perché, se tutto è così facile come dici, la medicina non abbia rivolto la sua ricerca in questa direzione. Perché la gente continui a morire di cancro. Perché la scienza non abbia indirizzato lì i suoi sforzi».

La mia obiezione lo attirò fuori dal suo silenzio: «Non lo so, davvero non lo so. Forse non è così facile come crediamo, o forse, proprio perché è facile, sembra assolutamente inverosimile. Ricorda che siamo al cinquanta e cinquanta con il fattore orizzontale: Chernobyl non è verticale, l'amianto non è verticale, tutto ciò che è inquinato e respiriamo non è verticale. Ma è anche vero che ciò che è orizzontale è stato fatto dall'uomo. Forse perché la medicina, la scienza siamo sempre noi, solo e sempre fragili uomini egoisti. Temo che ci vorranno anni perché l'uomo arrivi a capire, ad ammettere tutto ciò che è verticale. Oppure forse più semplicemente l'uomo non lo vuole capire, non lo vuole ammettere. Del resto ammettere che esista un asse verticale significa dover tollerare che la scienza abbia un limite, significa accettare che è solo orizzontale il terreno su cui può fare del bene, senza volersi sostituire al verticale, o peggio ancora negandone l'esistenza. Significa anche lasciarci liberi di curare il verticale senza imporci medicine o cure. Ma, soprattutto, comporta il dover ammettere l'unicità dell'essere umano e questo significherebbe non poter governare più il mondo con il sistema attuale».

«Spiegati meglio!»

«Le masse, amico mio. Oggi il mondo è governato gestendo le masse, tenendole compatte e indirizzandole dove fa più comodo, e il modo di tenerci uniti è quello di farci sentire fieri di appartenere a quella o quest'altra massa.»

Continuavo a non capire e il mio mal di testa ne era la prova tangibile.

«Cosa ti ha detto il dottore, quando ti ha annunciato il tuo male, Pietro? Ti avrà detto *non si abbatta, per casi come il suo, la scienza ha fatto passi da gigante. Casi come il suo*, capisci? Fin dall'inizio, non sei mai stato unico, hai fatto parte di una categoria di casi per i quali c'è la medesima diagnosi e la medesima cura. Non sei unico, sei una percentuale, e per questo ti devi adattare. Dio non ci ha creati a scaglioni, bianchi, neri, di destra, di sinistra, asiatici, europei: ha creato te, Pietro, me, Walter. Esseri umani talmente unici e preziosi da diventare inimitabili. E se lo fossimo anche nella malattia? Se la malattia fosse legata a me, solo a me come un messaggio personale, quale parte di me pensi sarebbe l'unica davvero irripetibile e a stretto contatto con Dio?»

«Immagino quella verticale» risposi non troppo convinto.

«Esatto! Quella verticale, quella spirituale! E allora bisogna cercare anche lì amico mio, perché anche lì potrebbe nascondersi la vera origine.»

Continuavo a non aver tutto chiaro, e sentivo uno stato d'ansia salirmi dallo stomaco.

«La scienza non può concepire questo, perché, se lo facesse, dovrebbe ammettere di non avere il diritto di intromettersi nel dialogo fra te e Dio, dove voi due, e solo voi due, vi state parlando; dovrebbe ammettere di non avere voce in un dialogo personale che governa la tua vita. Dovrebbe, in gran parte dei casi, farsi da parte. La medicina deve creare un protocollo universale che vada bene per tutti, annullando l'unicità e somministrando la cura. Deve avere risposte inappellabili, da distribuire come meglio crede e, se non le trova, allora deve negare l'esistenza della domanda stessa: non esiste un asse verticale, tantomeno un Dio o un dialogo con lui, ma esiste solo un asse orizzontale, quindi solo lì ci si ammala, solo lì ci si cura. Non è detto che il tuo male arrivi dal rapporto con Dio e con la tua linea verticale, ma se lo neghi già in partenza, non lo potrai mai sapere e forse mai curare.»

«Mi stai dicendo che la medicina sa, e che di proposito non ammette tutto questo? Lasciandoci crepare di dolori e terapie?» Stavo per scoppiare.

«No, amico mio, certo che no. La medicina è fatta di

persone che amano il prossimo e tentano in ogni modo di curarlo, mettendo a disposizione tutta la loro conoscenza e a volte la loro stessa vita. Tuttavia negare l'esistenza di una strada per paura di percorrerla potrebbe negarti orizzonti meravigliosi.»

«Allora chi, secondo te, non vuole ammettere l'esistenza della strada per paura che venga percorsa?»

«Difficile a dirsi, amico mio, soprattutto per un vecchio ignorante come me, che vive sulle montagne di Assisi» sorrise, riportando la discussione a un tono più disteso. «Tuttavia, come ti ho detto, l'amore cristiano si fonda sulla certezza che ogni essere umano è unico e irripetibile, e mandato da Dio per mezzo di Dio. Se si capisce questo, si esce da ogni schema che stupidamente ci rappresenta oggi: siamo di destra, di sinistra, pro, contro, in, out, favorevoli, contrari, indecisi, bianchi, neri, rossi, blu, ma mai, mai, esseri unici straordinari e irripetibili: Pietro, Walter, Sergio, Chiara, Lucia. Probabilmente non esisterebbero più guerre, non più politica di scontro, non più crociate religiose, non più botte allo stadio, ma solo opinioni diverse di esseri unici, solo l'amore per Dio e per ogni essere che incontriamo. Con lo stupore e la consapevolezza che questo essere sia unico e meraviglioso, anche quando sbaglia. Come potresti fare la guerra a Sergio, quel Sergio, il figlio di Dio? È più facile farla ai tanti *Sergi*, quei bastardi diversi dai *Pietri*. San Francesco amava tutto e tutti con lo stupore di un bambino che vede qualcosa per la prima volta, qualcosa di sorprendente e unico che voleva conoscere, toccare, abbracciare. San Francesco non amava i lebbrosi, ma un suo fratello colpito dalla lebbra, e il più delle volte non lo faceva curando i suoi sintomi ma ascoltando le sue pene. Era questo ciò che rese Francesco ingovernabile e libero, impossibile da inquadrare e sottomettere, quindi pericoloso. Se l'uomo capisse la propria unicità e l'amore che Dio ha per lui, sarebbe immensamente felice. Ma la felicità è pericolosa, perché è incontenibile. Invece nella tristezza, nella confusione, nella paura, gli esseri umani, che non hanno alcuna stima di sé e del miracolo che rappresentano, possono essere pilotati, governati, istruiti, ingannati. Non si può far marciare un plotone verso la guerra se questi sa che la sua vera strada porta alla pace e alla gioia, ma si può mandare alla guerra solo un'armata confusa, un esercito tradito, un soldato ingannato. Non dobbiamo essere unici e irripetibili, perché così usciremmo dalle masse e diventeremmo ingovernabili.»

«Ma allora è un complotto politico?» dissi in un guizzo di ribellione.

Lui mi guardò e, accarezzandomi la mano, mi disse: «Non incolpare mai gli altri, pensando a chissà quale complotto di potere. Non faresti che dividere e incasellare ancora una volta i pro e i contro, il bene e il male, ancora una volta guerre e dolore. Ricorda, amico mio, che la scienza, la politica, la religione non sono altro che i nomi che diamo alle immagini di noi stessi. Tu sei la società. Tu sei la scienza. Tu sei la religione. Tu sei la medicina, tu sei colui che può migliorare il mondo. Ma adesso si è fatto tardi, la strada è lunga e io sono stanco, ci vediamo domani». In silenzio, se ne andò.

# 16

Il 2002 aveva traslocato, per lasciare il posto a un più giovane e speranzoso 2003. Per il mio capodanno in solitaria, avevo brindato aprendo la bottiglia di Valpolicella da accompagnare al formaggio, fuso sulle braci, e alla mia solita palla di erbe senza nome.

Sentivo in lontananza i botti della città, attraverso i vetri appannati intravedevo qualche fuoco d'artificio. Mi chiedevo dove potesse essere Giulia, forse in qualche locale con gli amici, o magari a cena, magari con un altro uomo. Cercai di allontanare subito l'idea. *Speriamo che non beva vino, non è consigliato per una donna in gravidanza e, soprattutto, speriamo che non guidi, non si sa mai.*

Seduto davanti al fuoco scoppiettante del camino, alzai il bicchiere, e ogni volta che lo riempivo brindavo: «A te, amore mio, che mi consideri uno stronzo bastardo e che mi odi, mentre io ti amo alla follia. Qui, solo come un cane, anzi solo con un cane. A te, Pietro, che nella vita non hai mai capito un cazzo. A te, frate Walter, a te che potevi stare dov'eri, invece di venire a sconvolgere quei pochi giorni che mi rimangono, facendomi sentire un coglione per non aver mai nemmeno intuito la verità. Anche a te, Dio, che mi hai espulso dalla partita della vita, senza accorgerti che il fallo l'aveva fatto un altro duemila anni fa, cazzo! A te, perché a volte anche gli arbitri sbagliano, dopotutto sono umani anche loro, ma ne parliamo quando vengo su. E, soprattutto, a te, Carlo, cane del cazzo, che non fai altro che dormire con un occhio chiuso e uno orbo, a te, che mi fai compagnia in questo capodanno di merda. Ma in tutta onestà, amici, vi dico una cosa con il cuore: chiedo perdono, mi perdono, vi perdono, vi perdono tutti, perché siete l'unica cosa importante che davvero ho».

Dopo di che, sbronzo perso, caddi in un sonno profondo fatto da un mondo che girava come una trottola; mi svegliai due volte per vomitare, ma poi ricaddi nel mio deliquio per risvegliarmi dopo tante ore, nella genesi del 2003.

Gennaio mi scivolò dalle mani senza che me ne accorgessi. Con il nuovo anno, ripresi le mie mansioni quotidiane: avevo dipinto una quindicina di tele da quando avevo ripreso in mano il pennello, devo dire con un discreto risultato. I soggetti erano tra i più svariati: paesaggi, pensieri, sensazioni, paure. Ma il filo conduttore, che puntualmente tornava, era il lampione, quello della prima tela.

Mi sentivo un po' più forte dell'anno appena trascorso, non piangevo quasi più, lavoravo e pregavo, passeggiavo e parlavo.

Era nevicato altre due volte e io avevo camminato sulla neve, per poi sedermi sull'uscio, con i piedi infilati in un catino di acqua bollente.

Ogni volta la sensazione di sentirli tornare alla vita mi procurava una fitta di gioia e serenità, la piacevole e rilassante convinzione che anche stavolta li avevo salvati da morte certa.

A giudicare dai pantaloni, il mio peso si era stabilizzato, ma il mio ventre si era gonfiato un bel po', tanto che la cintura era tornata quasi alla posizione iniziale. Avevo riacquistato anche un po' di appetito, ma non smettevo di vomitare, ora una sola volta al giorno, circa due ore dopo pranzo; in compenso, la dissenteria mi era addosso, come un avvoltoio sulle spalle.

Non avevo ancora la piena proprietà della casa e questo mi rendeva ancor più disordinato. Ogni tre settimane l'amico con la cravatta rossa, che a volte era verde, altre gialla, altre blu, veniva a dirmi che c'era stato un intoppo con il notaio, con la banca, con le visure catastali, che bisognava ulteriormente rimandare. Ogni volta annuivo e dicevo: «Pazienza, io non ho fretta».

Ero tornato altre due volte da Francesco, anche se non avevo più chiesto nulla. Mi bastava che realizzasse il mio primo desiderio, ma sedermi sui banchi della sua cripta mi aiutava a rileggere le cose che frate Walter mi aveva insegnato.

Per due volte ero stato anche da santa Chiara. Mi affascinava osservare il crocifisso e immaginare che Francesco ne avesse sentito veramente la voce.

Fantasticavo su quale tono avesse la voce di Dio, ma ogni volta lo sentivo parlare con la voce di frate Walter e, per non ridere in un luogo così sacro, mi affrettavo a uscire.

Frate Walter era venuto di rado nell'ultimo mese: mi era parso di vederlo sempre più affaticato, persino un po' invecchiato. Mi sembrava scortese pretendere che facesse tutta quella strada, se non se la sentiva, perciò lo invitai più volte a non venire, a riposare, ma lui sorrideva e poi, puntualmente, tornava.

Io non saltavo mai le mie due ore davanti alla croce. Oramai, non sentivo né freddo né male, seduto sul mio tronco tagliato, ascoltavo il silenzio parlare. Osservavo la dimensione orizzontale incrociarsi con quella verticale, per poi conficcarsi nel terreno di un mondo che, oramai, mi aveva accettato anche così e che mi stava aiutando a preparare le valigie per il lungo viaggio.

Mi sentivo un po' egoista e un po' stronzo, ma anche incurante di molte delle cose che erano state un tempo per me fondamentali, mi sentivo sereno e a mio agio con ciò che per me, ora, rappresentava la vita. Certo, non potevo dirmi felice, ma avevo messo al centro della mia esistenza la serenità e questo mi faceva gustare le cose in maniera diversa, assaporavo in maniera diversa, amavo in maniera diversa. Vivevo in una casa che non era mia, senza progettare il futuro, vivevo nutrendomi di ciò che avevo, vestendomi con ciò che avevo, e in tutto questo non vi era nulla di tragico, nulla di aberrante. Impensabile per me nella vita *ante* 27 settembre, ora era semplicemente vita nuova, lunga solo sei mesi, certo, ma nuova e molto più verticale che orizzontale. In quel nulla, paradossalmente, mi sentivo finalmente realizzato. Amavo me stesso più di quanto non avessi mai fatto, amavo Giulia e la vita dentro di lei più di quanto amavo me stesso. Amavo persino quel male che mi aveva costretto a cambiare, a sconvolgere tutte le mie certezze, a liberarmi dell'attaccamento all'inutilità, per ridarmi una vita diversa. Per la prima volta da quando era stato diagnosticato, il tumore non era un intruso da scacciare con ogni mezzo, ma una parte di me, che non mi piaceva, certo, ma una parte di me. Non avevo più paura di morire, semplicemente ora non ero felice di dovermene andare: a trentacinque anni era un po' prestino, tutto lì.

Mi dispiaceva l'idea di non vedere almeno una volta mio figlio, mi dispiaceva l'idea di non avere una seconda possibilità con Giulia, mi dispiaceva non aver gustato, assaporato e amato davvero prima di allora. M'infastidiva un po' l'idea di essere confinato in due metri di terra, con tutto quello che ancora non avevo visto e vissuto, anche se, a dire il vero, il cimitero aveva comunque parte della mia simpatia.

# 17

Una domenica mattina, all'inizio di settembre, per una serie di eventi concatenati, mi ero ritrovato a passeggiare con mia mamma tra le tombe del piccolo camposanto del mio paese. Non ricordavo da quanto tempo non lo facevo. Con lei sottobraccio, avevo ripercorso passo passo gli anni della mia vita nei volti di quelle foto di ceramica e ognuno di loro mi aveva strappato un sorriso e una lacrima che, mescolati assieme, non mi avevano lasciato affatto un cattivo sapore.

Da bambino, andavo spesso a giocare in quel luogo che tanto assomigliava a un fortino: i merli di pietra sul portone di accesso gli conferivano un'aria antica, anche se non poteva avere più di settant'anni ma, si sa, nella fantasia di un bambino tutto è come lui vuole che sia, e la prova di coraggio di espugnare quelle mura valeva ancor di più se diventava un castello abbandonato, magari abitato da spiriti e fantasmi. Neppure le urla delle signore anziane, sdegnate dal nostro atteggiamento irriverente di bimbi, ci facevano demordere dalla battaglia per la conquista del forte.

Quella mattina il ghiaino bianco scricchiolava sotto le mie scarpe consumate e le ciabatte di stoffa di mia mamma. Per lei andare al cimitero a fare un po' di ordine, a mettere due fiori freschi era come riordinare la camera al mattino, quando, ancora in pigiama e ciabatte, apri le finestre e dai aria alle lenzuola. Lei lo faceva così, come se i morti fossero tutti suoi cari, riordinando i fiori a chiunque li avesse in disordine, parlando con tutti, perché li conosceva tutti.

Passeggiando insieme, osservavo un po' alla mia destra e un po' alla mia sinistra, chi aveva fatto da comparsa nel film della mia adolescenza. Personaggi ora pietrificati in marmi scolpiti. Il viso di mia madre pian piano si era solcato di nostalgia, mentre la sua voce mi ricordava aneddoti da tempo dimenticati: *quando vedevo Mario barcollare, ubriaco, lungo la via che dall'osteria lo portava a casa, o quando l'oste lo caricava sulla vecchia carriola, perché non si reggeva più in piedi.* Oppure, *l'unico alimentari pieno di cose da scoprire in un paese senza mai novità, quello gestito da Giorgio e Marisa*, o *la voce di Bruno che da sempre e per sempre era stato per me il suono della Passione di Cristo il Venerdì Santo, in una chiesa gremita di fede*, o *la giovane Mery, la prima strappata alla vita dalla solitudine e dall'eroina,* o *la barba sorridente dell'altissimo Eugenio. Il gobbo Fire, da sempre l'unico e il solo a riparare le biciclette di un esercito di bambini, ma, attenzione, mai e o poi mai fermarsi con lo sguardo su quell'enorme gobba parcheggiata sulla sua schiena, si offendeva a morte e non ti riparava più la bici.*

Io camminavo e ridevo piangendo, senza mai lasciare il braccio di mia madre. In un posto che vedeva solo lacrime e tristezza, sentivo risuonare le nostre risate, tra quelle mura che da piccolo mi erano sembrate altissime.

Non mi sentivo per nulla in colpa, anzi felice, quasi il film dei miei primi trent'anni avesse ripreso a girare, quasi che tutti quelli che ne avevano fatto parte fossero tornati d'un tratto a vivere con me altri momenti, colmi di gratitudine: un colpetto alla giacca impolverata di Giorgio, ai pantaloni sgualciti di Bruno e, poi, di nuovo insieme a filmare quel che restava della mia vita.

Avevo passato in rassegna tutto un paese con mia madre; fuori di lì, il rumore dei trattori, il profumo della vendemmia, dentro, noi due, in un settembre senza età. Come un generale davanti al suo esercito, avevo reso omaggio a ognuno di loro per i servigi resi alla mia causa, a ognuno di loro avevo regalato un sorriso, a quel piccolo cimitero avevo detto grazie.

In quel momento, trent'anni dopo, finalmente capivo il senso di quel piccolo camposanto che sembrava un fortino abbandonato.

Prima di salutare gli eroi della mia giovinezza, avevo rivisto la mia nonna, ritrovando in quel sorriso di ceramica tutta la sua forza, tutta la fede della semplicità, dell'ignoranza, la sua voce immortale che mi diceva: «*Maria Signor, n'do sito sta fin desso, buteletto?*».

Sorridendo, avevo risposto: «Lontano nonna, troppo lontano».

Sempre sottobraccio a mia madre, ricordo di aver ringraziato Dio o chi per Lui, perché, da un passato che non esisteva più, avevo attinto un sorriso per il presente.

Tutto questo prima delle 16.42 di venerdì 27 settembre 2002.

Ora mi chiedevo spesso cosa sarebbe stata la mia vita, se avessi avuto la capacità di accorgermi prima di quali erano le vere categorie dell'esistenza umana. Avevo passato trentacinque anni della mia esistenza a inserire ogni cosa nella casella corretta: giusto, sbagliato, buono, cattivo, intelligente, stupido e via via, mille altre caselline del cazzo, dove, da bravo bambino, infilavo le cose, senza accorgermi che le infilavo lì, perché qualcuno le aveva già giudicate prima di me e scelto per me dove avrei dovuto metterle.

Ora, in quel posto qualsiasi dove stavo passando i miei ultimi giorni, avevo solo due caselle, vitale o mortale, e tutto ciò che non era vitale era mortale.

Era vitale farmi venire il fegato grosso così per le telefonate del commercialista? No, mortale.

Era vitale arrabbiarmi perché ero imbottigliato nel traffico? E lo stress, i mal di testa? Erano mortali.

Erano vitali la politica, il calcio, il cane dei vicini, la bolletta, l'estratto conto, l'assicurazione della macchina, l'amante del vicino o la siepe dell'altro vicino? Tutto tremendamente mortale sull'asse verticale, caro Pietro.

Mi rendevo conto che tutto questo era la vita oggi e non si poteva vivere senza, in qualche modo, farne parte. Non si poteva tornare certo all'età della pietra, per sfamarsi in tutti e due gli assi, ma si poteva affrontare la quotidianità senza pensare che fosse vitale tutto ciò che non lo era. Potevo affrontare una multa, una sconfitta, un dramma, senza pensare che tutto questo mi uccidesse, perché a uccidere ci riesce solo la morte, quella verticale e quella orizzontale.

Un buon bicchiere di vino, l'amore di una donna, la soddisfazione di crescere un figlio, quella di vivere il presente senza paure, senza timori, quella di non farmi rappresentare da un lavoro ma di scegliere un lavoro che mi rappresenti, amare senza convenzioni, ma per la sola certezza che è la mia natura a permettermi di farlo perché sono della stessa materia di Colui che ha generato amore, di Colui che *è* amore. La ferma convinzione di aver stretto un'alleanza con la vita per la vita stessa, e che più l'avessi onorata, rendendomi e rendendo felici gli altri, più essa si sarebbe protratta nel tempo: tutto questo era, ora, per me vitale.

Solo un'altra volta mi ero sentito così, nel periodo in cui avevo fatto il servizio militare come obiettore di coscienza in un centro per persone disabili: era stato il fallimento più bello della mia intera esistenza.

Avevo iniziato i miei dieci mesi con i ragazzi del centro, alcuni con malattie psichiche, altri down, altri semplicemente abbandonati e soli, io con i miei problemi di sbronzarmi il sabato sera, loro con la loro vita da affrontare e onorare.

Avevo inziato con l'arroganza dei paladini di giustizia, con la convinzione che avrei sguainato la mia spada cambiando le loro vite con la mia intelligenza e astuzia, con la certezza che li avrei aiutati a vivere meglio.

Ben presto, mi ero accorto che ero io ad aver bisogno di

loro, io quello che stava migliorando, mia la vita che stava cambiando.

I loro tempi, dettati solo dalla loro natura, privi di malizia e di cattiveria, fatti solo di vitale o mortale, dove dai un bacio, dai una carezza solo se hai voglia di farlo, non se ti conviene per avere qualcosa in cambio, mi avevano dato segnali che solo ora iniziavo a capire, mi avevano detto con i loro gesti: *fermati, Pietro, rallenta, cambia il tuo punto di vista, se vuoi avere un confronto, altrimenti continuerai a vivere con una sola realtà, con una sola verità.*

Solo ora che il tempo non mi dava, purtroppo, più ragione, solo ora che per me cominciava a farsi tardi, mi rendevo conto che quell'esperienza era stata un colossale fallimento orizzontale, ma la mia più bella vittoria verticale.

# 18

L'ultimo quadro che dipinsi in quella casa, lo iniziai nei primi giorni di febbraio. Le giornate si erano fatte più belle, faceva ancora freddo, ma Carlo usciva più spesso di casa, per cercare di catturare i timidi raggi di sole, segno che la temperatura si stava pian piano alzando. Si cominciava a vedere il cielo più azzurro.

Quest'ultima opera era un quadro formato da due tele affiancate: nella tela di sinistra avevo dipinto una vecchia finestra, su di uno sfondo nero, gli scuri chiusi su cui si vedevano chiaramente le venature del legno, in alcuni punti i segni di scottature, come se fosse stata lambita da un incendio. Sulla tela di destra, la stessa finestra, stavolta sullo sfondo di un cielo azzurro, con soffici nuvole bianche. Sembrava sospesa nell'aria, gli scuri stavolta aperti, su di essi le stesse venature del legno invecchiato. All'interno della finestra, nell'oscurità, il mio lampione dell'Ottocento in un'unica palla di luce. La sera che terminai il quadro mi venne una voglia tremenda di pizza.

Non ricordavo nemmeno più da quanto non ne mangiavo una. Mi era sempre piaciuta da pazzi: a tutto potevo rinunciare nella mia vita precedente ma non alla mia pizza settimanale.

Quella sera partii, deciso. Alle porte di Spello c'era una pizzeria dove avevo mangiato con Giulia. Sperando che non fosse il turno di chiusura, mi diressi verso quello che consideravo il miglior premio per il mio trentacinquesimo quadro.

Entrai nel locale e mi accomodai in un tavolino per single. In realtà, non sono mai dichiaratamente per single, ma sono apparecchiati per uno e messi in un angolo della sala. Pazienza.

Ordinai la Valtellina, con scaglie di grana, rucola e bresaola, accompagnata da una birra bionda media.

Mentre aspettavo il mio premio, la mia mente tornò alla pizza più memorabile della mia vita, quella della mia proposta di matrimonio.

In effetti, non ero stato proprio romantico a scegliere una pizzeria per chiedere a Giulia se voleva diventare mia moglie. Diciamo un romantico post-moderno, anche se la pizza che facevano lì non era una pizza come tutte le altre.

Si trattava in effetti dell'unica pizzeria che fosse mai stata segnalata sulla guida del Gambero Rosso, il metodo di lievitazione e gli ingredienti rendevano le pizze di quel locale in provincia di Verona qualcosa di molto simile alle prelibate pietanze di un ristorante. Semplicemente divine, uniche.

Quella era la sera del nostro anniversario di fidanzamento ufficiale. Non avevo detto nulla a Giulia, se non che l'avrei portata a mangiare fuori per festeggiare.

Dopo qualche aperitivo, un po' qua e un po' là, per metterla in confusione sulla vera meta della serata, l'avevo portata dunque Ai Tigli. Avevo dovuto telefonare quindici giorni prima per trovare posto.

Una volta entrati, Giulia aveva trovato ad aspettarci, seduti al nostro tavolo, i miei genitori e i suoi, due famiglie che si erano sempre volute bene e che ora erano lì, anche loro ospiti, anche loro ignari delle mie intenzioni.

Avevamo iniziato a mangiare e io, fingendo tranquillità e indifferenza, avevo detto a Giulia che pensavo le avrebbe fatto piacere cenare tutti assieme e che quella era la mia sorpresa per l'anniversario.

In realtà da tempo avevo raccomandato a Chicca, la ragazza di mio fratello, mia fedele complice e quasi cognata, di radunare le Fantastiche Cinque, le amiche storiche di Giulia: Chicca, Linda, Rossa, Jessica e Marta.

Alle dieci in punto, le Superfive avrebbero dovuto trovarsi nel parcheggio della pizzeria, aprire il portabagagli della mia macchina con le chiavi di riserva che avevo già dato a Chicca e portarmi ciò che avrebbero trovato dentro.

Alle dieci in punto, nella pizzeria gremita in ogni dove, le Fantastiche Cinque aprirono la porta già con gli occhi un po' lucidi.

La prima portava una bellissima cravatta, che io non avevo opportunamente indossato, la seconda un mazzo di meravigliose rose rosse, legate solamente da spago, fatte da Graziella, come solo lei sapeva fare, la terza un piccolo pacchetto dorato.

Non sapevano cosa sarebbe successo, ma credo lo sperassero tutte.

Nel locale affollato era sceso il silenzio e io, non senza imbarazzo, mi ero alzato in piedi e, davanti alle nostre famiglie, alle sue migliori amiche, e a un centinaio di sconosciuti, camerieri compresi, avevo porto le rose a Giulia, indossato la cravatta, dichiarandole quanto lei fosse ciò che di più bello un uomo potesse desiderare. Poi, una volta sistemato accuratamente il nodo, avevo aperto la scatoletta, estratto l'anello e, sotto lo sguardo di un'intera pizzeria in lacrime, chiesto a Giulia di sposarmi. Giulia, per mia grazia, aveva detto subito di sì.

Quella sera a Spello gustai la mia pizza in un tavolino da single quasi fosse la sera della mia dichiarazione. Non ricordavo quanto poco bastasse per assaporare i piaceri della vita, non ricordavo oramai più il meraviglioso sapore di una pizza, né l'emozione a essa legata.

Frate Walter non aveva mai commentato gli oramai trentacinque quadri che avevo dipinto nei centoventinove giorni che avevo vissuto dei miei centottantadue totali. Era la mattina del 6 febbraio 2003, quando si sedette davanti a quell'ultima opera, con la sua tazza di caffè fumante tra le mani e la contemplò a lungo.

«Be', amico mio, direi che sei alla fine delle tue mansioni, non credi?»

Rimasi stupito e risposi, un po' seccato: «Secondo il mio ex dottore, luminare oncologo di Verona, ho ancora cinquantatré giorni da vivere. Potrei farne altri».

Mi sorrise: «Io penso che possa bastare così, per capire ciò che in realtà era scritto per te, caro Pietro. Hai dipinto trentacinque quadri, uno per ogni anno che hai perso a nasconderti, uno per ogni anno che hai tentato di accontentarti di un'identità che non è la tua, uno per ogni volta che hai ignorato la linea verticale, quella che, guarda caso, assomiglia a un lampione».

In effetti non avevo mai pensato al lampione come a una riga verticale, né alla luce emessa dalla sua estremità più vicina al cielo.

«Temo di non seguirti, caro il mio meraviglioso frate, e visto che stamattina non ho alcuna intenzione di farmi venire il mal di testa, ti prego, finisci in fretta il tuo caffè, che ho voglia di andare nel bosco» lo invitai con un sorriso.

Non fu propriamente un sorriso la sua risposta, ma un'espressione stanca, mescolata alla sua solita serenità.

«No, caro il mio meraviglioso figliol prodigo, stamattina non posso venire con te, il mio cammino è lungo e i miei sandali sono oramai consumati. Stamattina dovrai pregare da solo il bel Dio, anzi, salutalo anche per me» mi disse, appoggiando la tazza sulla cappa del camino.

«Non puoi rimandare? Andare domani? Oppure preghiamo insieme e poi ti accompagno in macchina, così fai prima.»

Sorrise di nuovo. «Non sia mai! E poi, hai ancora il coraggio di chiamarla macchina? Ormai è un pollaio, sporco da fare schifo, per giunta. No, no, caro il mio Pietro, vado a piedi, finché i sandali dureranno.»

«E poi?»

«E poi camminerò scalzo!»

Rimasi in silenzio, non capivo cosa stesse accadendo, ma ebbi la netta sensazione che assomigliasse a un addio.

«Allora ci vediamo domani?»

«Forse, ma promettimi una cosa: vai a fare una visita all'ospedale di Assisi. Se davvero dovrò essere io a organizzarti il funerale, voglio sapere quanto tempo ho, sai che sono sempre molto impegnato» mi schernì.

«Se proprio ci tieni.»

«Ci tengo molto, vai e chiedi del dottor Carrero, di' che ti mando io. Vedrai, ti tratterà bene e non ti farà perdere tempo.»

«Allora a domani?»

«A presto, meraviglioso figliol prodigo.»

Si era già avvicinato alla porta, quando si voltò e mi disse: «Sai che tra pochi giorni è San Valentino, vero? È la festa degli innamorati e, visto che tu lo sei, forse è ora che tu la faccia quella telefonata».

«Non penso sia il caso, è troppo tardi oramai.»

Sapevo che era San Valentino, almeno quanto lui sapeva che io mentivo.

Mi diede una pacca sulla spalla e se ne andò com'era arrivato, nel silenzio.

# 19

Andai quasi subito alla croce di Guerrino. Quella mattina nemmeno Carlo mi seguì, rimase accovacciato sulla soglia.

Pregai e meditai per le solite due ore, ma non fu come gli altri giorni. Qualcosa mi turbava, il frate non era stato lo stesso che mi aveva aspettato davanti a casa il giorno del nostro primo incontro.

Cercai di allontanare da me pensieri mortali, come li chiamava lui, non sarebbero serviti. Mi riproposi che all'indomani avrei cercato di chiarire le mie sensazioni.

Passai una serata tranquilla, non vomitai, riuscii a mangiare un po' di prosciutto che il frate mi aveva portato, barattandolo con le solite quattro uova, lessi alcune pagine della Bibbia, il retro di sant'Antonio da Padova e poi mi addormentai.

Passarono quattro giorni senza che lo vedessi arrivare lungo il vialetto d'ingresso. La cosa mi turbava molto, mi preoccupava il fatto che potesse stare male, che gli potesse essere accaduto qualcosa.

Era buffo quanto mi fossi affezionato a qualcuno che in realtà non conoscevo affatto: non gli avevo mai chiesto di dov'era originario, se aveva una famiglia, perché si era fatto frate, ma soprattutto non gli avevo mai chiesto perché era tornato in quella casa che sapeva essere disabitata. Mi ero affezionato e, ancor di più, affidato a un perfetto estraneo, del quale non sapevo nulla, se non che di lui potevo fidarmi ciecamente.

Tornai dai miei stessi pensieri, quando mi accorsi che stavo fissando ancora una volta quella croce conficcata nel terreno. Non mi ero mai avvicinato troppo, un misto di rabbia, timore, rispetto, devozione mi avevano sempre tenuto a distanza di sicurezza, ma quella mattina mi accostai per osservarla e vidi un particolare che mi sconvolse: il legno della croce era completamente inciso, in ogni posto possibile del solo palo verticale c'era un nome, ma nessuno su quello orizzontale.

Laura, Francesca, Maria, Simone, Eugenio, Thomas, Walter, Renato, Luciana, John, Orietta: la croce era totalmente tatuata di nomi, erano davvero tantissimi, italiani e stranieri, mi ricordava i muri della casa di Giulietta a Verona. Cercai di ipotizzare un numero, ma non vi riuscii, erano più vicino al migliaio che al centinaio. Quante persone erano passate da quella casa? Quante da quel posto nel bosco? Quante erano state su quella croce? E poi, perché tutti avevano inciso il loro nome sulla croce di Cristo?

Passai quasi un'ora a leggerli tutti. Trovai Lia e Guerrino, trovai anche Giulia: per un attimo mi cullai nell'idea che lei avesse inciso quel nome, che quella Giulia fosse la mia Giulia. A occhi chiusi accarezzai lentamente quelle lettere incise, come se la mia mano stesse scorrendo il profilo del suo viso, come se quei solchi nel legno fossero le sue labbra, la linea del suo naso, la curva del suo mento.

Non trovai nessun Pietro, in tutti quei nomi, nemmeno uno, come se quel legno aspettasse proprio me.

Continuai a leggere e a rivivere quei nomi. Quella che fino a quel momento mi era sembrata una qualunque croce di legno, ora era diventata qualcosa di più, ora sembrava l'abbraccio di tutti coloro che si erano seduti ai suoi piedi.

Per un attimo mi parve quasi di vederli passare uno a uno, uno a uno abbracciarla lasciando così inciso il loro nome, la loro disperazione, la loro speranza.

Senza rendermene conto, mi ritrovai anch'io abbracciato a quel palo tatuato da tanti destini. Strinsi forte con la guancia appoggiata contro il legno di quella croce, sentii le lacrime scivolare dal mio viso per poi perdersi nei solchi di tutti i nomi incisi: piansi per me, piansi per loro, piansi per la stessa croce.

Non avevo nessuna voglia di andare all'ospedale di Assisi, non ne capivo l'utilità: ora che per me non aveva più senso il tempo per programmare il futuro, ma solo l'immediato per vivere il presente, perché dovevo andare da un dottore che, imbarazzato, mi avrebbe detto che mi restavano pochi giorni e che quindi era bene che mi ricoverassi per accertamenti?

Avrei voluto, per quei miei pochi, ultimi giorni, la serenità dolorosa dei mesi appena trascorsi. Avrei voluto morire vicino a un vecchio cane orbo e a un frate malconcio, nella speranza di vedere su Sky Paradiso la vita di Giulia e del mio bambino, senza più dubbi, senza più incertezze, senza più paura.

Stupidamente, in cuor mio, sapevo però che, se non

fossi andato a fare quella maledetta visita, non avrei più rivisto spuntare quel cocciuto di frate dal vialetto di casa. Forse si sentiva per telefono con il dottore. La realtà era che cominciava a mancarmi un pochino.

Dopo tre false partenze, decisi che era ora di andare davvero, inoltre avevo quasi finito le mie scorte di erbe dalla misteriosa provenienza. Se frate Walter non fosse venuto a trovarmi, avrei dovuto tornare alle uova.

Mi addormentai leggendo il retro dei santi Vittore e Corona, martiri cristiani.

La mattina seguente feci un bel bagno, indossai gli unici vestiti che avevo comprato e non ancora usato: un paio di pantaloni grigi, una camicia blu e il maglione azzurro. Ai piedi, ovviamente, i sandali. Cacciai le galline dalla Y10 e cercai di dare una ripulita alla bell'e meglio. Era ancora buio. Poi mi infilai nell'auto pollaio e scesi in città.

L'ospedale non era molto grande, ed era accogliente quanto può esserlo un ospedale. Non dava la sensazione di uno di quei luoghi in cui ti perdi in uno qualsiasi dei corridoi, dove ti serve un navigatore satellitare per trovare l'otorino.

Dal cruscotto della macchina presi la cartella con le lastre e il referto della Tac di quel 27 settembre. Nonostante la scarica di sambuche di quel giorno, avevo avuto la lucidità di toglierle dalla station wagon e buttarle nel pollaio. In bella mostra, proprio sulla prima che riguardai, la macchia nera appoggiata sul mio fegato.

Tirai un sospiro e andai alla ricerca del medico consigliatomi dal frate: il dottor Carrero.

Una volta trovata la porta con su scritto il suo nome, bussai e mi presentai.

«Dottor Carrero?»

«Sì?»

«Buongiorno, mi manda da lei frate Walter dell'Eremo, sono Pietro Zenari, mi ha parlato molto bene di lei.»

Mi guardò con un'espressione un po' stupita e poi disse: «C'hai messo un po' a convincerti...».

A mia volta stupito dall'accoglienza, non ribattei.

Seduto sulla sedia bianca, di uno studio bianco, con il dottor Carrero avvolto in camice bianco, gli raccontai del male che mi era stato diagnosticato a fine settembre, del conto alla rovescia che sarebbe scaduto presto. Precisai che non era mia intenzione disturbare, ma che frate Walter ci teneva così tanto, che mi dispiaceva non accontentarlo.

Mi guardò un po' perplesso, poi volle vedere le lastre: davanti al tumore, la sua espressione fu la stessa del dottore di Verona. Poi, mi fece accomodare in un altro reparto, dove ordinò all'infermiere di sottopormi a una nuova Tac con contrasto e di portargli immediatamente gli esiti. L'infermiere lo guardò con aria un po' stravolta, ci volevano solitamente dei giorni per avere i risultati, ma il dottore non si scompose e disse soltanto: «È un amico di frate Walter».

L'infermiere annuì.

Mi ripromisi di riferire a frate Walter nei dettagli quello strano incontro, in cui sembrava che parlassero di lui come di Marlon Brando ne *Il padrino*.

Mi iniettarono il liquido di contrasto e dopo qualche istante avvertii una forte sensazione di calore. Mi fecero poi accomodare nella sala della Tac, dove mi sdraiai sul lettino che entra nella macchina. Sto facendo le prove generali per la bara, mi venne da pensare.

Finito tutto, mi ritrovai a camminare in giro per l'ospedale, in attesa che il dottore mi richiamasse. Sprecare il mio tempo per qualcosa che sapevo già mi infastidiva molto, ma volevo accontentare il frate.

I visi che si incontrano nei corridoi di un ospedale non hanno bisogno di interpretazioni, sono visi di dolore.

Dopo circa due ore, un infermiere mi rintracciò nel corridoio per dirmi che avevano avuto dei problemi con la macchina e che avremmo dovuto rifare tutto. In quell'istante, mi tornò alla mente l'incravattato e le sue scuse per procrastinare il rogito della meravigliosa topaia.

Paziente e remissivo, mi risottoposi a tutta la trafila e poi di nuovo aspettai, aspettai e passeggiai e poi ancora aspettai e di nuovo passeggiai, immerso in un'atmosfera di dolore, rassegnazione e odore di disinfettante industriale.

In una delle mie peregrinazioni, in cui, come i personaggi di Walt Disney, oramai avevo creato dei solchi ben visibili nel corridoio, vidi la porta della cappella dell'ospedale. Decisi di fare una capatina dal Grande Capo.

Era poco più di una stanza, erano ovviamente presenti una statuetta di san Francesco e una di santa Chiara, i due santi che giocavano in casa, e un'effigie di Padre Pio, il santo che andava di moda tra i vip. Avevo sempre pensato che, se fosse stato ancora vivo, sarebbe stato più selettivo riguardo ai suoi fan.

Davanti a me, due file di banchi schierati in perfetto allineamento da battaglione, di fronte a un altare smontabile in legno, ricoperto da una tovaglia bianca, un crocifisso su piedistallo a ruote e un piccolo tabernacolo bianco, che sembrava più che altro un armadietto dei farmaci, dove immaginai riposasse Nostro Signore Gesù Cristo, forse in convalescenza.

I muri ovviamente tinteggiati di bianco. *Lasciate ogni speranza, o voi che entrate, anche perché tra un attimo smontiamo tutto per fare due uffici*, pensai.

Mi trattenni a stento dal ridere, per rispetto dell'ingabbiato nell'armadietto e delle quattro persone che stavano pregando. Una signora anziana con il rosario tra le mani muoveva la bocca senza emettere suono, come solo la mia nonna sapeva fare, quando mi portava a messa con lei. Dal tempo che impiegava a scostare una pallina dall'altra, capii che stava recitando il rosario. Un uomo in pigiama, con un trespolo a cui era attaccata una flebo, non diceva nulla, fissava il crocifisso. E poi una coppia di giovani, seduti l'uno accanto all'altra, che solo a guardarli mi si strinse il cuore in una morsa.

Mi sedetti dietro di loro e, stringendo in mano il mio rosario, chiesi a Dio di esaudire i desideri di quei quattro disgraziati perché, qualunque fossero, a questo punto ne avevano più bisogno di me.

Erano passate circa tre ore dalla seconda Tac, quando il dottor Carrero finalmente mi chiamò di nuovo nel suo studio. La sua faccia appariva sconvolta. Immaginai che i miei giorni sarebbero stati molti meno dei pochi che mi spettavano.

«Signor Zenari...» iniziò, tirando un sospiro imbarazzato.

«Non si preoccupi per me, dottor Carrero, sono pronto e non ho paura» lo interruppi cercando di rassicurarlo con un sorriso.

Lui continuò senza guardarmi: «Non credo lei possa essere pronto a questo, e io, francamente, non so come dirglielo» prese fiato «vede signor Zenari, l'epatocarcinoma primario, evidente sulle lastre di settembre fatte a Verona... be', è... scomparso».

Se in quella stanza ci fosse stato Arnold, con la faccia buffa e le sue due guanciotte nere, avrebbe detto *Che cavolo stai dicendo, Willis?* Io invece rimasi così inebetito da non riuscire nemmeno a respirare.

«Per esserne sicuri, abbiamo ripetuto l'esame: è letteralmente scomparso, nella stessa maniera in cui è venuto: in silenzio. Se non ci fosse il suo nome sulla lastra, direi che stiamo parlando di due persone diverse. Io non so come ciò sia possibile, ma lei è perfettamente guarito, il suo fegato non ha più nulla. Mi creda, lei è un miracolato.»

Non riuscivo ad alzarmi, non riuscivo a parlare, nessuno dei miei muscoli reagiva a nessuno dei comandi, il mio cervello si stava riempiendo di una sola parola: *Giulia, Giulia, Giulia, Giulia, Giulia, Giulia, Giulia, Giulia, Giulia.*

Uscito dall'ospedale, dopo aver abbracciato il dottor

Carrero e ogni persona che incontravo, mi sedetti in un bar per cercare di calmarmi. Erano appena passate le sette di sera, quando ordinai la mia quarta sambuca. Capii, dallo sguardo del barista, che non ero né il primo, né l'ultimo che aveva deciso di passare i suoi ultimi sei mesi di vita in compagnia di una manciata di sambuche con ghiaccio e mosche. Ma quello che non aveva capito un cazzo era lui: io avevo davanti un'intera vita.

Tornai a casa, senza nemmeno vedere la strada, tanto i miei occhi erano pieni di lacrime. Cantai a squarciagola, piansi e urlai dalla felicità.

Ero oramai ubriaco fradicio, non reggevo più l'urto di tante sambuche, ma, prima di cadere svenuto, dovevo assolutamente fare una cosa.

Arrivato a casa mi fiondai a cercar ciò che avevo nascosto, come un pazzo strappai la carta di giornale e abbracciai il body di mio figlio, lo inzuppai delle mie lacrime, buttai la lettera nelle braci del camino, che in un attimo ripresero fuoco.

Era vivo, era vivo come lo ero io, ardeva, ardeva di vita come ardevo io.

# 20

La mattina seguente, fu il mal di testa a svegliarmi: era più facile pensare di aver sognato, era più facile continuare il mio conto alla rovescia nella più totale commiserazione di me stesso, ma il referto del dottore era lì, su un tavolo, tenuto sollevato dal mio portafoglio, lì dove l'avevo messo la sera prima, ancora con lo stesso risultato: *assenza di lesioni focali.*

Solo ora capivo a cosa servivano i soldi: a reggere in equilibrio e ben aperte le cose che contano davvero nella vita, affinché un coglione come me le potesse leggere, chiare e nitide, anche dopo una colossale sbronza: *assenza di lesioni focali.*

Ero guarito cazzo, ero vivo, cazzo, ero sbronzo.

Dovevo assolutamente vedere frate Walter, doveva sapere, subito, ma prima dovevo svegliarmi. Feci un bagno quasi gelato e bevvi una moka intera di caffè amaro.

Erano quasi le sei del mattino quando arrivai al portone d'accesso all'Eremo delle Carceri. Le ombre della sera ancora non se ne erano andate del tutto e una foschia aleggiava alla base degli alberi del bosco.

Corsi fino al complesso di case dei fratelli di Francesco. Solo allora mi accorsi che erano raccolti in preghiera per la recita delle Lodi nella piccola cappella alla destra dell'ingresso.

Spiai dalla porta a vetri, erano tutti girati di spalle, non volevo disturbarli, ma ero così eccitato, che non potevo aspettare.

«Cerchi qualcuno, fratello?» mi interpellò una voce alle mie spalle. Mi voltai di scatto, dallo spavento quasi mi prese un colpo.

Era un frate molto anziano, non molto alto, con una folta barba bianca.

«Sì, frate, mi scusi se mi sono introdotto a quest'ora, cerco frate Walter, ho urgente bisogno di parlargli.»

Lo sguardo del frate si fece serio e al tempo stesso lucido.

«Mi dispiace davvero tanto che tu non l'abbia saputo» disse «ma fratello Walter non è più tra noi.»

«Come non è più tra voi! E quando tornerà, quando lo posso trovare?»

«Fratello Walter è morto lo scorso anno.»

Smisi di respirare: «Lo scorso anno? Ma cosa dice?».

«Era il 27 settembre, era un venerdì mattina, mi ricordo.»

Era tutto così surreale, che iniziò a girarmi la testa. Dovetti sedermi un momento a terra per non cadere. Avevo un ronzio assordante nelle orecchie, come prima di uno svenimento. Appena mi ripresi, chiesi al frate: «E di cosa... di cosa è morto?».

«È morto per un tumore fulminante al fegato. Povero fratello, non si era nemmeno accorto di averlo.»

# 21

La mattina del 13 febbraio tornai all'Eremo delle Carceri. Mi accolse lo stesso frate, stavolta con un ampio sorriso. Parlammo un po', passeggiando nel bosco del santo. Mi raccontò tutto ciò che sapeva di frate Walter: era originario di Misano Adriatico, in provincia di Rimini, figlio di un pescatore. Si era imbarcato anche lui giovane, ma ben presto aveva capito che altra era la sua strada. Camminammo fino in fondo al sentiero dell'eremo che porta alla piccola cappella, là ci sedemmo e, insieme, pregammo per frate Walter. Non gli dissi come e quando l'avevo conosciuto, ma solo che gli avevo voluto bene e che mi aveva salvato la vita.

«Lui non era che uno strumento al servizio del Padre, se ti ha salvato è perché il buon Dio l'ha voluto.»

Sospirai e poi risposi: «*Bel* Dio, padre, *bel* Dio».

Tornai alla macchina, presi i trentacinque quadri che avevo dipinto e glieli consegnai. Il frate non mi chiese da dove venivano e io non diedi spiegazioni. Mi ringraziò e mi disse che li avrebbe usati per una pesca di beneficenza. Gli raccomandai di spedire il ricavato alla comunità di Abaetetuba, nel Parà, in Brasile, frate Walter avrebbe voluto così, ne ero certo.

Gli chiesi dove avrei potuto trovare la tomba del mio

amico e lui mi indicò il posto: era un piccolo cimitero dei frati, un'altura fatta di tronchi tagliati e da una croce di legno, poco lontano dall'eremo, nel bosco. Sembrava la radura di Guerrino.

Qua e là, piccole lapidi con scritti i nomi di frati che non c'erano più. Poco lontano dalla croce, trovai la sua. Sulla lapide, inciso, un tau e sotto il suo nome c'era scritto *ci hai lasciati come sei arrivato, nel silenzio*. Piansi, piansi ogni lacrima che avevo, piansi perché non avevo più lacrime da piangere.

«Ciao Walter» dissi, andandomene «a presto.»

Poi appoggiai sulla terra accanto alla lapide le solite quattro uova del mio pollaio e lentamente, nel silenzio com'ero arrivato, me ne andai.

La mattina del 14 febbraio mi alzai all'alba, mi tagliai tutta la barba e mi raccolsi i capelli in una coda, che non era più tanto corta.

Mi feci un bagno caldo e poi riattaccai lo specchietto retrovisore alla Y10. Diedi da mangiare quanto basta per due, tre giorni sia a Carlotta che alle galline e ai conigli, giocai con Carlo, poi gli raccomandai di fare il suo dovere e di tenere l'occhio aperto.

Lasciai la porta di casa socchiusa, così che potesse entrare se faceva freddo, e poi partii, non prima, però, di aver inciso il mio nome sul palo verticale della croce nel bosco.

Alle 9.05, l'incravattato si presentò sulla porta del suo ufficio, con in faccia ancora i segni del cuscino. Non lo feci neppure entrare, gli dissi che sarei andato via per un mese, ma che, al mio ritorno, avrei voluto immediatamente vedere un notaio e comprare la casa o gli avrei chiesto il doppio dell'acconto versato. Miracolosamente, si svegliò all'istante.

Alle 9.20, la mia macchina era in viaggio verso nord.

Per tutto il viaggio non feci che pensare a quei versi del *Cantico delle creature* che dicevano *Laudato si' mi Signore, per sora nostra Morte corporale, da la quale nullu homo vivente po' skappare: guai a quelli ke morrano ne le peccata mortali; beati quelli ke trovarà ne le Tue sanctissime voluntati, ka la morte secunda no 'l farrà male.*

Qual era il senso di tutto ciò che avevo vissuto e di ciò che avrei vissuto da lì in avanti, mi era chiaro come chiara la strada che avrei dovuto fare. La mia vita orizzontale era finita, tutto ciò in cui avevo creduto, sperato, tutto o quasi, per cui avevo lottato aveva un'altra forma, un altro valore, tutto era morto in quei sei ultimi mesi, lasciando il posto al germoglio di quel palo verticale conficcato nel terreno della mia anima. Non ero io che stavo morendo, ma tutto ciò che da trentacinque anni mi stava uccidendo, tutto ciò che da trentacinque anni mi stava soffocando.

Mi fermai due volte all'autogrill per fare benzina e far riposare il vecchio pollaio, oltre che per andare in bagno a rinfrescarmi.

Arrivai a Verona alle tre del pomeriggio circa. Parcheggiai la macchina due traverse prima della strada di casa: avevo bisogno di riordinare le idee prima di affrontare il campanello, prima di affrontare Giulia.

Comperai tre rose rosse, legate con lo spago, da Graziella.

Ero stanco morto, non avevo mangiato e non ero più abituato a guidare per tanti chilometri.

Scesi e mi sgranchii le gambe guardando la mia bella Verona dalla riva dell'Adige, mi parve di essere rimasto lontano una vita intera.

Erano le 16.42 del mio secondo giorno della nuova vita, un giorno bellissimo, quando il mio indice tremolante toccò il campanello.

«Chi è?»

La voce di Giulia mi impietrì.

«Chi è?» ripeté.

«Sono Pietro» sentii la voce del mio cuore rispondere. Stavolta la bocca non si era affatto opposta.

Sentii riattaccare il citofono, ma non mi mossi.

Poi i passi di una corsa lungo le scale si fermarono dall'altro lato della porta.

Dopo un istante Giulia aprì.

I suoi occhi pieni di lacrime, il pancione di una gravidanza oramai al traguardo, lo sguardo di chi aveva sofferto, la bellezza che non avevo dimenticato: erano tutti lì, davanti a me, avvolti in una tuta da ginnastica.

«Non ti ho mai tradita» sussurrai con la voce rotta dal pianto.

«Lo so. Ho saputo del tumore al fegato, mi hanno chiamata dall'ospedale» rispose con voce rassicurante.

«Sono guarito, non ho più nulla.»

«Sapevo che saresti tornato.»

«Non ho mai smesso di amarti, Giulia.»

«Neanche noi.»

Rimanemmo abbracciati, tutti e tre, sulla porta di casa per un tempo interminabile, meraviglioso.

Mai e poi mai l'avrei lasciata andare, mai e poi mai avrei smesso di amarla.

Pensavo a quant'era misterioso il modo in cui questa vita si era presa gioco di me: avevo vissuto sei mesi in attesa di morire, quando in realtà ero morto da tantissimo tempo in attesa di iniziare a vivere.

Ora, dopo sei mesi, la vita stava per riempire i polmoni di mio figlio per darlo alla luce, ora, dopo sei mesi la mia vita era piena di luce e i miei polmoni pieni del profumo di Giulia in quell'interminabile abbraccio.

Io e mio figlio, senza saperlo, senza conoscerci, avevamo percorso la stessa strada, per lo stesso tempo, nello stesso buio, uno poco più avanti dell'altro.

Mentre mio figlio si apprestava a togliersi la tuta da riscaldamento, e a scendere in campo per la sua prima volta da professionista nello stadio della vita, io sarei stato vicino a lui, ma non per batterci il cinque sulla linea dell'out, ma per entrare insieme, mano nella mano.

«Ora cosa faremo, Pietro?» mi chiese, ancora affondata nel nostro abbraccio.

«Faremo ciò che è bello per noi e per lui» risposi.

«Cammineremo sempre insieme?» mi chiese con la voce rotta dall'emozione.

«Sempre» risposi guardando i miei infradito consumati e i miei piedi stanchi «finché reggeranno i nostri sandali, poi...»

«Poi...?»

«Poi cammineremo scalzi.»

Finito di stampare nel settembre 2017
presso Rotomail Italia S.p.A., Milano